Toronto Ontario
Canada M6E 3S5

LE GARÇON QUI SAVAIT TOUT

Soon

Une collection dirigée par Denis Guiot

Couverture illustrée par Stéphanie Hans

ISBN : 978-2-74-851711-8
© 2015 Éditions SYROS, Sejer,
92, avenue de France, 75013 Paris

LE GARÇON QUI SAVAIT TOUT

Loïc Le Borgne

« Tous les différents langages ou cris
D'oiseau, de reptile ou de fauve appris,
Plume, écaille, poil, chant de plaine ou bois,
Jacassons-les vite et tous à la fois !
Excellent ! Parfait ! Voilà que nous sommes
Maintenant pareils tout à fait aux hommes !
Jouons à l'homme... est-ce bien important ? »

Rudyard Kipling, *Le Livre de la jungle*
(« Chanson de route des Bandar-Log »)

CHAPITRE 1

MON AMIE MAÏ

Certains souvenirs brillent dans notre mémoire comme des baguettes magiques. Je ne suis pas près d'oublier ma première rencontre avec le garçon qui savait tout. Elle a eu lieu l'année de mes douze ans.

Ce vendredi-là, en raison de l'absence d'un professeur, j'ai terminé les cours une heure plus tôt que prévu. Libre comme une libellule, j'ai décidé d'aller à la pêche.

Dans mon garage, j'ai tout ce qu'il faut pour ça : des dizaines de bouchons de toutes les couleurs et de toutes les formes, des fils de diamètres variés pour piéger aussi bien les gardons que les sandres, différentes sortes de leurres, dont certains en forme de poisson ou de mouche, deux bourriches, six cannes, trois moulinets, des centaines d'hameçons.

Ah, la pêche ! Il faut préparer son matériel avec minutie, s'installer sur une berge, en pleine nature, puis réussir à être plus malin que le poisson. Les gens qui ne connaissent pas la pêche pensent qu'il s'agit de bestioles idiotes. Évidemment, ils ne côtoient la plupart du temps que des poissons rouges. Mais un brochet ou une carpe sauvage n'ont rien à voir avec ces animaux-là. Ce sont des bêtes rusées qui connaissent leur rivière comme un loup sa tanière, qui font tout (et je les comprends) pour ne pas être mangées !

Est-ce qu'on n'aurait pas l'air de cornichons si on nous enfermait, nous aussi, sept jours sur sept dans un bocal ?

Comme à chaque fois, avant de partir, je me suis mis à parler tout seul, en répondant à mes propres questions :

– Assez de plombs ?
– Boîte pleine.
– Bouchons de rechange ?
– *Roger*.
– Hameçons de rechange ?
– Ajouter un sachet de numéros huit. OK.
– Les vers dans leur boîte ?
– Vivants.
– Décollage autorisé.

Un pêcheur, c'est comme un pilote de chasse : s'il ne fait pas de check-list avant de s'envoler, il risque de s'écraser. Il doit être minutieux. J'étais moyen en français, nul en maths, mais j'étais minutieux.

Au pêcheur, il lui faut une tenue spéciale, une tenue tout-terrain, vu qu'il agit rarement vautré sur un canapé. J'ai foncé jusqu'à ma chambre pour récupérer ma casquette beige, mon pantalon et ma veste kaki (pas vraiment propres ? Et alors ? Je n'allais pas au bal !).

Avant de sortir, j'ai lacé mes vieilles chaussures de marche en cuir, qui commençaient à être trop petites et me compressaient les orteils, mais que je préférais à mes baskets neuves.

Voilà, je me sentais paré pour affronter la jungle, les fauves et les sauvages.

Je sais désormais que c'était exactement ce qui m'attendait !

Besace en bandoulière, canne sur l'épaule, j'ai enfourché mon vélo et je suis parti à l'aventure.

Avant d'aller installer ma ligne, cependant, je comptais faire un crochet par le collège. À cause de Maï.

J'ai longé l'avenue Jean-Jaurès en souriant sous le soleil. La fin du printemps, c'est toujours une époque épatante pour un gars comme moi, qui adore le grand air et les grandes vacances plus que les petites salles de classe. Il ne restait que trois semaines de cours avant la liberté. Waouh, je me sentais pousser des ailes !

En pleine forme, des abeilles bourdonnaient entre les troncs des marronniers qui veillaient sur le collège, tels des gardiens géants. J'ai jeté un œil à ma montre. Parfait, Maï, qui terminait à l'heure normale, devait être sortie de classe.

En repensant à mon amie, j'ai senti quelque chose frétiller dans mon ventre. Comme si j'avais avalé l'une des abeilles et qu'elle continuait à vrombir dans mon estomac.

Maï me faisait toujours cet effet-là. Elle était belle et tranquille comme une rose. La reine des roses.

Quand j'étais petit, je ressentais ces mêmes vibrations dans mon ventre avant Noël ou avant mon anniversaire. Un mélange de hâte et d'angoisse : aurais-je le cadeau tant espéré ?

Chaque jour depuis deux ans, à seize heures trente, Maï m'attendait sur la passerelle de fer, à l'arrière du collège. C'est par là que sortaient, en fin de journée, une partie des élèves – ceux qui prenaient le car ou qui habitaient au nord de la ville.

Maï n'était pas seule ce jour-là sur la passerelle, mais en compagnie de deux garçons et deux filles de sa classe.

– Hé, Malo, tu sors de ta ferme ? s'est esclaffé Jules, un gars sportif, coiffé avec du gel.

– T'en as de belles chaussures ! a rigolé son voisin, dont je ne savais plus le nom mais qui avait un gros bouton sur le nez.

Les deux filles, qui pianotaient sur leurs smartphones, ont pouffé. Maï a regardé la cime d'un marronnier pour faire mine de ne pas entendre. Elle aussi, elle avait sorti son portable. Une des filles lui a montré son écran. Maï a penché la tête en arrière et a ri. Déjà, d'ordinaire, elle était magnifique. Quand elle riait, elle devenait une merveille.

Ses yeux brun doré étaient bridés car sa mère était née au Cambodge. Lorsqu'elle inclinait sa tête en arrière et que ses cheveux noirs et lisses tombaient dans son dos, je pouvais voir la peau claire de son cou. Sur son visage et sa nuque, son teint était plus foncé. Presque doré, comme ses yeux.

– Bon, je dois y aller ! a dit Jules d'une voix forte. À lundi, les filles !

Lui aussi se déplaçait en vélo. Sauf qu'il possédait un engin de course ultraléger, pas un VTT aux gros pneus comme le mien.

À peine avait-il appuyé sur ses pédales qu'on a entendu un gros bruit, genre *grrcccrrr*. Son pédalier s'était bloqué.

– Qui m'a fait une blague ? a-t-il aboyé.

J'ai montré la chaîne.

– T'as juste déraillé.

Il m'a lancé un regard soupçonneux, comme si j'étais un terroriste.

– Ah ouais ? Tu sais réparer ça ?

J'ai posé mon VTT contre la rambarde de la passerelle et je me suis mis à l'œuvre. Dix secondes plus tard, la chaîne avait retrouvé sa place. Moi, j'avais les doigts tachés de graisse noire.

Jules a hoché la tête puis m'a interpellé par mon nom, pas par mon prénom, en lançant un regard en coin aux filles :

– Lemoine, tu devrais faire apprenti, tu te débrouillerais bien !

– T'as l'air plus à l'aise avec un vélo qu'avec un portable ! a renchéri Lucie, l'une des filles.

Elle avait raison, Lucie. Un dérailleur de vélo, ce n'est pas plus compliqué qu'un moulinet de pêche. Un portable, en revanche, je n'en avais pas. Sur celui de mon père, j'allais trop vite et je me trompais toujours d'icône.

– Laisse, il préfère s'acheter des hameçons, a gloussé sa copine.

Le gars au bouton sur le nez a baissé la tête en essayant de se faire discret. Je savais qu'il ne possédait pas non plus de portable mais il n'a rien dit. Maï a fait comme lui. Ça m'a peiné et énervé.

– Mes parents m'en ont promis un cet été, ai-je assuré. Un tactile avec écran HD et traducteur intégré.

Ça les a sciés. Même Maï, qui a refermé son téléphone pour me regarder avec attention.

– Cet été ? a-t-elle murmuré.

– Cet été.

– C'est cool.

Son visage s'était assombri.

– Je dois y aller, à lundi, a-t-elle lancé avant de s'éloigner à grands pas.

– Mec, tu l'as vexée, a ricané Jules. T'auras pas de bisou ce soir.

J'aurais voulu lui sauter dessus, écraser mon poing sur son nez, pour qu'il ressemble à son copain boutonneux. Mais j'ai fait comme ce dernier : j'ai baissé la tête. Il y a des gens qui sont nés pour changer le monde et d'autres de petites choses, comme remettre une chaîne sur un dérailleur – c'était ce que je pensais alors.

Ils ont cessé de me regarder, se sont lancé des vannes, des clins d'œil, puis ont disparu à leur tour. Je suis resté seul avec mon VTT et ma canne à pêche sur la passerelle.

Ce n'était plus une abeille que j'avais dans le ventre mais un frelon. Et j'avais l'impression qu'il me piquait sans arrêt.

À cette époque, j'avais beaucoup plus peur des types comme Jules que des frelons.

CHAPITRE 2

LE NÉNUPHAR BLANC

Mon cœur battait bizarrement, comme le courant d'une clôture électrique autour d'un pré. *Tic-tic-tic-toc*.

J'ai rattrapé Maï alors qu'elle marchait d'un bon pas vers l'église, après avoir contourné le bâtiment rouge brique de la bibliothèque. Elle pianotait sur son portable – même en marchant, elle parvenait à envoyer des messages ! Elle m'a repéré du coin de l'œil mais a continué à avancer.

J'ai glissé de ma selle et je l'ai suivie en poussant mon vélo.

– J'ai une surprise pour toi, lui ai-je annoncé.

– Ça ne m'intéresse pas. Tu n'auras pas de portable cet été. Tu as menti, Malo Lemoine.

– Bah, ils m'énervaient. Ça m'amuse de leur faire croire n'importe quoi.

– Moi, ça ne m'amuse pas. Si on t'avait offert un portable, j'aurais pu t'envoyer des SMS.

Je savais qu'elle adorait ça, les messages. Elle en envoyait des dizaines par jour et en recevait plus encore. Souvent, elle expédiait des photos.

– T'as plein d'amis sur Internet, lui ai-je fait remarquer.

Elle a soupiré.

– Mais pas toi.

– Qu'est-ce que ça peut faire ?

– Tu n'es pas comme les autres. D'habitude, tu ne mens jamais. Tu ne te vantes jamais. Les autres, ils n'arrêtent pas. Ils ne pensent qu'à leur image.

On a marché côte à côte en silence. Je ne savais pas trop quoi penser de ce que Maï venait de me dire. Elle était beaucoup plus intelligente que moi.

Le clocher carré de l'église, avec son cadran solaire au-dessus du porche, jetait son ombre sur nous. Maï a fini par s'arrêter près de la fontaine, au soleil.

– C'est quoi, ta surprise ?

Si j'avais été une glace, je me serais mis à fondre.

– Tu te souviens du jardin public, derrière la bibliothèque ? Tu te souviens de ce qu'on a vu avant-hier ? ai-je réussi à articuler.

Elle a fait semblant de réfléchir. Deux jours plus tôt, on avait traversé ce parc, entretenu par les jardiniers de la ville. Un bel endroit coloré, surtout à la fin du printemps et au début de l'été. On pouvait se balader entre des parterres de pensées, de tulipes, de narcisses, des bouquets de myosotis, de capucines.

Au milieu du jardin trônait un petit bassin, dans lequel flânaient une vingtaine de poissons rouges. Grâce aux nénuphars qui poussaient en surface, ils pouvaient jouer à cache-cache avec les promeneurs.

– Regarde ! s'était exclamée Maï en tendant le doigt vers l'eau.

Croyant qu'elle me parlait des poissons, je m'étais penché en avant. Je ne voyais pas grand-chose sous la surface à cause des reflets du soleil et du tapis de nénuphars.

– T'en as vu un noir ? avais-je demandé, me souvenant que deux ou trois poissons de cette couleur côtoyaient les rouges.

– Toi et tes poissons ! avait-elle gloussé. Je parle des plantes, banane !

Je m'étais redressé pour observer les nénuphars. Ils ressemblaient à des radeaux ronds et verts. Leurs tiges les retenaient au fond du bassin comme des ancres.

– Et alors ?

– Ce truc, c'est un bourgeon ! s'était exclamée mon amie en me désignant une boule verte, juste sous la surface. Il devrait fleurir dans les jours qui viennent. Les fleurs de nénuphar, c'est mes préférées. Celle-ci sera toute blanche.

– Comment tu le sais ? l'avais-je interrogée, impressionné par ses connaissances.

Moi, j'aimais la nature, et surtout la pêche, mais je n'étais pas très cultivé. Je ne lisais pas assez.

Maï avait ri avant de me montrer une étiquette plantée au bord du bassin. *Nénuphar blanc*, avais-je lu.

– Il faut qu'on passe de temps en temps pour assister à sa naissance, avait-elle affirmé avec un air sérieux.

Puis elle avait sorti son portable pour faire une photo.

Près de la fontaine, j'ai ouvert ma besace et j'ai brandi la fleur de nénuphar. Blanche comme l'Everest, majestueuse comme une couronne, elle a brillé sous le soleil. J'avais eu beaucoup de mal à la récupérer au milieu du bassin.

Les yeux et la bouche de Maï sont devenus ronds comme ceux d'un gardon. Elle a reculé.

– Je rêve… a-t-elle murmuré.

Sur le coup, j'ai cru qu'elle était ravie, qu'elle allait enfin me considérer comme un galant chevalier. Mais ses yeux ont lancé des éclairs.

– T'as cueilli cette fleur ! a-t-elle lâché d'une voix étranglée.

– Heu… tu m'as dit que c'était tes préférées ! ai-je balbutié, surpris par l'éclat de son regard.

Elle a fait claquer la paume de sa main sur son front.

– Tu sais combien de temps vit une fleur de nénuphar ? a-t-elle grondé, menaçante.

– Un mois ?

– Trois ou quatre jours. Cette fleur est très fragile, et tu viens de l'assassiner.

– C'est un peu exagéré !

– Elle a déjà commencé à faner, s'est lamentée mon amie en montrant des pétales flétris. Tu gâches tout !

Elle s'est détournée et s'est éloignée à grands pas. Je suis resté comme un idiot près de la fontaine, ma fleur de nénuphar à la main.

– Oh, qu'il est mignon ! a gloussé une vieille dame en passant à côté de moi.

J'ai jeté la fleur dans la fontaine et trotté à côté de mon vélo pour rattraper Maï, tout en sachant que j'allais avoir du mal, beaucoup de mal à la calmer.

M'entendant arriver, elle a fait volte-face.

– On est amis depuis longtemps, a-t-elle sifflé entre ses dents. Je sais que tu voulais pas la tuer, cette fleur.

– Juré, ai-je murmuré, penaud.

– Tu jures de ne plus me mentir, hein ? De rester la personne la plus honnête de tout l'univers ?

– Peut-être pas, quand même.

– S'il te plaît... Mon père est parti quand j'avais six ans. Il a disparu comme un voleur. Plus tard, ma mère a appris qu'il avait une autre femme et un enfant dans une autre ville.

Il lui avait menti pendant des années. Tu ne ferais jamais une chose pareille, hein ?

– Jamais !

J'étais au courant de cette histoire – dans une petite ville, les secrets sont plus difficiles à cacher qu'une canne à pêche sur un vélo. Maï était une rose blessée, pas brisée. On lui avait arraché quelques feuilles, mais elle avait réussi à garder ses pétales. Je l'admirais pour ça.

– Je veux bien te pardonner, a-t-elle dit. À une condition : dis-moi pourquoi tu m'as offert cette fleur.

C'était une question terrible. Ses yeux étaient rivés aux miens. Je n'étais pas encore prêt à lui dire ce genre de choses. C'était la reine des roses, délicate et solide à la fois. Elle allait éclater de rire, et ce rire percerait mon cœur comme une épine. Notre amitié serait brisée à jamais.

J'ai dansé d'un pied sur l'autre.

– Je ne sais pas trop. Je la trouvais belle. Plus belle qu'une rose.

Elle a cessé de respirer et je savais ce qu'elle attendait. Au bout de quelques secondes, comme je restais silencieux, elle a inspiré bruyamment. Ses yeux brun doré se sont mis à briller. Peut-être de colère, peut-être de tristesse. Puis elle s'est détournée et elle est partie sans rien dire.

J'ai pensé qu'il s'agissait du moment le plus nul de mon existence, que je ne pourrais jamais en connaître de plus affreux.

C'était avant de tomber sur les enfants de la Brume.

CHAPITRE 3

JEHAN LE SAUVAGE

Une demi-heure plus tard, furieux et peiné, je tentais de me concentrer sur le bouchon fluorescent qui flottait devant moi.

L'un des moments les plus intéressants à la pêche, c'est l'instant où le bouchon se met à tressaillir, avant de s'enfoncer légèrement sous l'eau. Vous avez une touche ! À cet instant, plus rien d'autre n'existe que le bouchon... et le moulinet entre vos mains. Votre cœur accélère, votre champ de vision rétrécit. Vous redevenez sauvage.

Sauf que je n'avais pas le cœur à l'ouvrage. Je songeais à Maï, à la fleur de nénuphar, aux messages sur son portable, à ses amis sur Internet.

Je me trouvais bête. Je ne serais jamais un chevalier. Encore moins *son* chevalier, le prince charmant de la reine des roses.

— Gros nul, ai-je marmonné en relevant ma canne de quelques centimètres pour agiter mon appât devant le nez des poissons.

Parfois, c'était suffisant pour leur donner envie de le gober. Pourquoi la vie n'était-elle pas aussi simple ?

Des branches ont craqué derrière moi. Je me suis retourné, m'attendant à voir arriver un autre pêcheur. Ou peut-être un renard égaré.

Au lieu de ça, un sauvage est sorti des fourrés.

Le garçon devait avoir à peu près mon âge. Pour tout vêtement, il ne portait qu'un pagne de couleur émeraude.

Sa peau bronzée, presque dorée, était décorée d'étranges courbes vert émeraude. Elles s'enroulaient comme des lianes autour de ses bras minces, de ses jambes musclées et de son torse. Ses cheveux longs, châtain clair, tombaient sur ses épaules.

Vif comme un félin en maraude, il a foncé vers moi. Fouler pieds nus les herbes hautes de la rive n'a pas semblé le déranger.

Je me suis demandé si je n'étais pas en train de rêver.

– Je ne te vois pas, a-t-il dit d'une voix rauque en pointant un index accusateur dans ma direction. Je ne reçois aucune donnée de ta part. Pourquoi ? *Tu n'en as pas ?*

Effrayé, j'ai lâché mon moulinet, je me suis levé et j'ai reculé d'un pas, au risque de basculer dans la rivière. J'ai ouvert la bouche en rond, telle la carpe gisant dans ma bourriche.

Les yeux vert amande du garçon se sont plantés dans les miens. J'ai remarqué qu'il portait un collier, avec une sorte de bille noire en pendentif. Il a froncé ses sourcils, épais et blonds comme sa tignasse. S'agissait-il d'un fou échappé d'un asile ?

– Est-ce que tu me vois, toi ? a-t-il insisté. Est-ce que tu reçois mes données ?

Il a posé son doigt sur ma poitrine avec une légère pression.

– Est-ce que tu m'embrasses ?

– Je ne comprends pas... ai-je soufflé, effaré. Évidemment, je te vois !

Le garçon s'est frotté le menton de la main puis a hoché la tête en souriant.

– Ah, j'ai l'impression que ça a marché ! En quelle année es-tu ?

Logiquement, j'aurais dû courir alerter les gendarmes. Sauf que ce garçon couvert d'arabesques vertes me fascinait. D'où venait-il ? Qu'est-ce qui lui était arrivé ?

Quand j'ai répondu à sa question, son sourire s'est élargi.

– Je suis remonté de cinq cents ans dans le temps ! C'est pour ça que je ne te vois pas. Et que toi, tu ne peux pas me voir. Géant !

– Heu... je te vois, ai-je répliqué.

– Tu me regardes avec tes yeux, comme un tigre peut me regarder. Ça, ce n'est pas *voir*. Ce n'est pas non plus *embrasser*. C'est juste observer la surface. Comment t'appelles-tu ?

– Malo. Pourquoi parles-tu d'embrasser ?

De nouveau, il a ri, en chassant une mèche claire tombée devant ses yeux.

– Tu parles comme les anciens, Malo, et je devine ce que tu penses de ce mot. Embrasser, dans mon époque, ça veut dire capter et voir en entier. Recevoir toutes les données de quelqu'un. Rien à voir avec un baiser.

– Je ne comprends rien à ce que tu racontes !

– Normal, t'es pas lié. Moi, c'est Jehan.

Il s'est frappé la poitrine en se présentant, et j'ai pensé au fils de Tarzan, dans un vieux film. Sauf que son langage semblait plus étrange encore que celui de Tarzan.

– Tu penses que tu viens du futur ? l'ai-je interrogé.

Il a soupiré, comme si j'avais l'esprit trop lent.

– Je vis cinq cents ans dans ton futur. Mais pour moi, évidemment, c'est le présent. Du coup, je suis revenu dans le passé. Dans ton époque. C'est clair ou pas ?

Pas de doute, il était frappadingue ! J'ai essayé de lire dans ses yeux pour voir s'il l'était gravement... au point, par exemple, de devenir dangereux. Il m'a tapé sur l'épaule.

– Je suis bien content d'être ici ! Je ne vois plus rien, c'est reposant.

Il a observé les arbres autour et au-dessus de lui, puis la rivière qui étincelait sous le soleil.

– Même si je ne t'embrasse pas, je devine que tu me trouves bizarre, a-t-il dit en plantant son regard dans le mien. Pas vrai ?

– Très bizarre.

– Pourtant, je ne mens pas. Il y a une sorte de déchirure temporelle un peu plus loin, derrière ces buissons (il a montré le bosquet d'où il avait surgi). Si tu veux en avoir la preuve, suis-moi.

J'ai hésité. Pouvais-je faire confiance à ce garçon farfelu ? Et puis, mon père m'avait toujours recommandé de ne pas laisser mon matériel de pêche sans surveillance. Tout de même, Jehan m'avait parlé d'une faille temporelle ! Le genre de chose qu'on ne voyait que dans les récits de science-fiction. Est-ce qu'on pouvait passer à côté d'une découverte aussi fabuleuse ? Même s'il ne s'agissait sans doute que d'une affabulation...

Nous éloignant de la rivière, nous avons contourné un bosquet d'aulnes et de noisetiers puis traversé un étroit sentier. Au-delà s'étendait le bois des Faunes, que je longeais pour venir à la pêche. Nous avons pénétré dans la fraîcheur de la futaie.

Jehan a tendu le doigt vers un arbre abattu. Lors de sa chute, les racines avaient soulevé la terre. Elles se dressaient à présent au-dessus d'un cratère, tels les tentacules d'une pieuvre devant son repaire.

Tendue entre les racines, une sorte de toile d'araignée plus grande qu'une cape de magicien scintillait, tel un lac au coucher du soleil. Des reflets argent et or couraient à sa surface.

C'était beau, précieux comme un manteau de pharaon, une toison d'or, un plafond du château de Versailles. Ou les écailles d'une truite arc-en-ciel.

– C'est la faille, a murmuré Jehan. Si on la traverse, on arrive chez moi, dans ton futur. Tu veux essayer ?

J'ai secoué la tête de droite à gauche avec vigueur. Cette paroi fantomatique, sur laquelle dansaient d'étranges feux follets, me semblait trop bizarre pour être sans danger. Elle avait l'air séduisant d'un tour de magie – ou de sorcellerie. Et ne m'attirait donc pas le moins du monde.

Peut-être que Jehan disait la vérité et qu'on pouvait voyager dans le temps en la traversant... ou peut-être que mon corps allait s'enflammer comme une torche.

CHAPITRE 4

UN PORTABLE DANS LA TÊTE

— Si tu ne veux pas me suivre, peux-tu m'aider à découvrir ton monde ? m'a demandé mon compagnon.

— Qu'est-ce que tu veux savoir ?

— Comme je ne peux pas lire tes données, parle-moi de toi. Est-ce que tu as une famille ? des amis ?

J'ai expliqué que j'avais des parents et un frère aîné. Et que je m'entendais bien avec Jérémy, Paul et Lucas, des garçons de ma classe.

— Et pas de filles ? Une amoureuse, tu en as une ?

J'ai failli m'étrangler. De quoi se mêlait-il ? Est-ce qu'on posait ce genre de question quand on rencontrait quelqu'un pour la première fois ?

Il souriait, et son regard était clair. J'ai compris qu'il n'avait pas eu l'intention de me gêner. Ce garçon ne venait peut-être pas d'une autre planète mais il se comportait comme un extraterrestre.

– Non, ai-je lâché en devinant que mes joues rougissaient.

Jehan a penché sa tête en arrière et a secoué ses mèches comme une crinière de lion.

– Parle-moi d'elle ! Comment elle s'appelle ?

J'ai haussé les épaules et je suis revenu sur mes pas, en direction de la rivière et de mon matériel de pêche.

Est-ce que j'étais amoureux ? Aucune importance. Maï, c'était un flamant rose au milieu des pélicans, un flocon de neige dans un nuage de grêle, une rose dans les orties. Voilà ce dont j'étais certain.

Si l'amour, c'était rêver d'être un chevalier et de sauver la plus jolie fille de la classe des griffes d'un ténébreux sorcier, alors j'étais amoureux.

– Excuse-moi, je voudrais juste savoir si tu es celui que je cherche, a lancé Jehan en courant derrière moi. Tu m'as bien dit que tu t'appelais Malo ? Et ton amie, c'est Maï ?

J'avais encaissé pas mal de chocs ce jour-là, mais aucun d'aussi violent.

– Tu... tu nous connais ? ai-je bredouillé, ahuri.

– Je me suis renseigné avant de venir, a expliqué Jehan. Je comptais bien tomber sur toi.

Bon, maintenant j'en étais sûr : ce garçon était fou. Totalement cinglé.

– Arrête de délirer, ai-je grommelé.

– C'est la vérité. Passe la faille avec moi et tu verras.

– Sûrement pas. Je vais rentrer chez moi, voilà ce que je vais faire !

Jehan est devenu pâle.

– Écoute, je suis venu te chercher. Il faut

absolument que tu viennes, sinon tu ne pourras pas comprendre pourquoi on a besoin de toi.

J'ai attrapé ma canne, qui gisait sur la berge, et commencé à rembobiner mon moulinet.

— Mon monde est en danger, a insisté Jehan sur un ton suppliant. Tu peux nous aider.

J'ai replié ma canne télescopique en tentant de rester calme. Malgré tout, j'ai manqué me transpercer l'index avec l'hameçon.

— Moi, ce qui m'intéresse, c'est la pêche, ai-je marmonné. Tu dis que tu vis dans cinq cents ans ? Je n'ai jamais entendu une histoire pareille. Et si c'est vrai, je m'en balance.

— Comment j'ai pu savoir le prénom de ton amie ? a-t-il murmuré. Je sais que tu as peur. Mais, s'il te plaît, aide-nous.

Aussi incroyable que cela puisse paraître, il semblait au bord des larmes. J'ai compris que j'aurais du mal à m'en débarrasser.

— C'est quoi ? m'a-t-il demandé en désignant la bestiole aux écailles argentées qui gisait dans ma bourriche.

– Une carpe, évidemment. Tu te moques de moi ?

– Il y a des animaux qui ressemblent à ça, chez moi, mais je ne suis pas sûr de leur nom. Ici, encore moins. C'est parce que je ne capte pas de données.

– T'as des yeux, non ? ai-je marmonné, un peu agacé.

– Je suis habitué à recevoir des *données*.

– Elles sont où, tes données ? T'as un portable sur toi ?

Jehan m'a regardé sans comprendre, avant de poser un index sur son front :

– Elles sont dans la Brume et elles arrivent là.

– Dans ta tête ? T'as un portable dans ta tête ?

Alors Jehan m'a parlé de son monde. Il m'a dit que chaque chose, chaque être vivant était truffé de capteurs minuscules, plus petits que des têtes d'épingle, qu'il appelait des nanotraceurs.

– Les nanotraceurs enregistrent tout. Il y en a dans les plantes, l'eau, la terre, sur les machines, sur les bêtes, sur les gens.

– Et tout ce qu'ils enregistrent arrive dans ta tête ?

– D'abord dans la Brume des données. Puis dans ma tête. Il y a des nanordinateurs minuscules reliés à mon cerveau. On appelle ça des connex.

– C'est dingue ! Moi, ma mère ne veut même pas m'acheter un portable.

– Dans mon monde, je peux savoir tout sur tout, tout le temps.

J'ai dû faire une tête bizarre parce qu'il a éclaté de rire.

– Ici, chez toi, je ne reçois rien. C'est comme si j'étais aveugle et sourd.

Il s'est accroupi près de la rivière, a approché sa main de la surface.

– L'eau, elle est chaude ou froide ? m'a-t-il interrogé.

– Tiède. Dans les vingt degrés, je pense.

– Ça veut dire quoi, vingt degrés ? Chez moi, j'ai des signaux. Rouge si c'est dangereux, vert si ça va. Là, je ne sais pas si c'est bien.

– Ton monde, il plairait beaucoup à mes amis, ai-je murmuré, en songeant à Maï.

– C'est parce qu'ils ne le connaissent pas.

– Pourquoi t'es venu ici ? ai-je soudain demandé. Sans données, ça doit être horrible, pour toi !

Il s'est redressé et m'a tapé sur l'épaule comme si j'avais sorti une bonne blague.

– Tu rigoles, Malo ? C'est géant ! Avec mes amis, on n'en peut plus de toutes ces informations ! J'adore ton monde.

J'étais assommé par ces révélations. J'ai regardé l'heure à ma montre, qui donnait aussi la température de l'air. Jehan y a jeté un coup d'œil intéressé.

– Tu vois, toi aussi, t'as des capteurs, a-t-il remarqué. Ils sont gros comme des dinosaures, mais bientôt vous serez comme nous. Des connex et des traceurs partout ! Ils se glisseront sous votre peau, dans votre tête, sur les murs, dans le sol, les plantes et les animaux.

– Il faut que j'y aille, ai-je murmuré, sinon mes parents vont s'inquiéter.

Jehan ne semblait pas décidé à me lâcher. Il m'a suivi le long du sentier et a inspecté avec grand intérêt mon vélo quand je l'ai récupéré. Il a tendu le doigt vers le bidon en plastique accroché au cadre.

– C'est de l'eau ? a-t-il demandé.

– Oui, t'as soif ?

– Sans capteurs, je ne sais pas. Mais je crois que mon corps a besoin d'eau, oui.

Stupéfait, je lui ai tendu le bidon. Il l'a débouché puis a froncé les sourcils :

– Elle est potable ?

– Évidemment, puisque j'en ai mis dans ma gourde !

– Je ne peux pas me connecter pour vérifier mais je te crois.

Il a bu goulûment puis s'est essuyé la bouche et m'a souri :

– C'est vrai, j'avais soif ! Demain, tu reviens à la pêche ?

J'ai réfléchi. Le lendemain, on serait samedi.

– Sans doute.

– On se retrouve à cet endroit ?

Comme on approchait d'une route, j'ai montré le bitume.

– Si quelqu'un te voit, tu risques d'avoir des problèmes. Les gens ne sont pas habillés comme toi, ici.

Il a frissonné. Sa peau s'est couverte de chair de poule.

– Je crois qu'il fait plus chaud à mon époque. Viens demain, d'accord ?

Comme il avait l'air un peu perdu, j'ai promis. En attendant, il fallait que je parle de cette histoire à quelqu'un. À mes parents ? Non, je ne voyais qu'une personne pour ça : Maï. Me croirait-elle ? Il suffirait que je lui montre la faille.

Et si je l'invitais à visiter ce monde magique dont avait parlé Jehan, avec des portables dans la tête ?

Alors, j'avais toutes les chances de devenir son héros.

CHAPITRE 5

LA FAILLE TEMPORELLE

Avant de rentrer chez moi, je suis passé chez mon amie. Elle lisait dans son jardin, installée sur un transat. J'ai raconté ma rencontre avec Jehan. Ses yeux se sont écarquillés.

– Tu te moques de moi, a-t-elle soufflé quand j'ai décrit la faille temporelle.

J'ai juré que non.

– Dans le monde de Jehan, les portables sont carrément dans la tête, ai-je insisté. Tu peux te connecter avec n'importe qui, n'importe quand.

Maï a laissé tomber son livre à terre.

– Je demande vraiment à voir ça. Demain, je vais avec toi.

Chargé de mes cannes et de ma bourriche, je suis donc repassé chez elle le samedi.

Lorsque nous sommes arrivés au bord de la rivière, Jehan était déjà là. Vêtu comme la veille, c'est-à-dire d'un simple pagne. Accroupi sur la berge, il nous tournait le dos.

Nous entendant approcher, il s'est retourné. J'ai vu qu'il avait plongé sa main droite dans la rivière. Il s'est relevé en souriant.

– Tiède ! s'est-il exclamé en nous montrant ses doigts mouillés.

Puis il a pointé l'index vers mon amie.

– Toi non plus, je ne te vois pas. Tu es invisible. Est-ce que Malo est ton amoureux ? Sans la Brume, je ne peux pas le savoir.

Le front de Maï est devenu pivoine.

– Ça ne va pas de poser des questions comme ça ? a-t-elle lancé sans parvenir à cacher sa gêne.

Jehan a cessé de sourire.

– Je suis désolé mais je ne dispose pas de cette information. Chez moi, tout se sait. Il n'y a rien de secret. Je suis navré si je t'ai blessée.

– Tu viens vraiment du futur ?

– Vous me posez toujours la même question, a soupiré Jehan. Traversez la faille avec moi !

Je n'étais pas chaud pour lui obéir. Mais si cet exploit me permettait de passer pour un héros auprès de Maï, alors je n'allais pas hésiter.

Notre nouveau compagnon a marché droit vers le bosquet d'aulnes et de noisetiers. Maï m'a donné une bourrade dans le dos.

– Un monde où tout est connecté ? Malo, il faut qu'on voie ça !

Quelques minutes plus tard, elle contemplait les éclats dorés et argentés de la faille avec la même mine ébahie que moi, la veille.

Les étincelles qui couraient sur la faille se reflétaient dans ses yeux brillants d'excitation.

– Je vous attends de l'autre côté, a dit Jehan en souriant.

Il a bondi dans le trou creusé par les racines de l'arbre écroulé et a foncé droit vers la faille. Il y a eu un flash. Ensuite, plus rien ! Jehan avait tout simplement disparu.

Lorsque Maï est descendue à son tour dans le trou, j'ai tenté de la retenir :

– Tu ne crois pas qu'on devrait prévenir quelqu'un ?

– T'as pas de portable ! a-t-elle répliqué sur un ton ironique.

À son tour, elle a disparu dans un flash.

Je me suis souvenu de mes rêves de chevalier sauvant une princesse des griffes d'un horrible méchant. Je me suis lancé à ses trousses.

CHAPITRE 6

AU VINGT-SIXIÈME SIÈCLE

De l'autre côté, j'ai manqué percuter Maï. Les yeux tournés vers les cimes des arbres, elle contemplait comme une somnambule le monde qui l'entourait.

On avait débouché dans une clairière, au cœur d'une jungle luxuriante. Autour de nous, des palmiers et des arbres gigantesques montaient à l'assaut d'un ciel bleu pastel.

Les troncs étaient couverts de mousse. Des lianes passaient de l'un à l'autre, tels des boas géants. Les sous-bois étaient encombrés de fougères gigantesques, de racines lovées comme des couleuvres, de feuilles émeraude qui me rappelaient celles des forêts tropicales, telles que j'avais pu les voir en vidéo.

Cette jungle bruissait de mille sons inquiétants : frôlements dans les fourrés, vrombissements d'insectes, feulements lointains.

L'air me semblait lourd, humide. Il faisait chaud, beaucoup plus chaud que chez nous.

– Bienvenue au vingt-sixième siècle ! a lancé Jehan.

– Pourquoi il fait si chaud ? s'est exclamée Maï.

– Le réchauffement climatique, lui a répondu Jehan avec un air blasé. La forêt que vous connaissiez est devenue une jungle. Mais vous êtes bien au même endroit. La rivière n'est pas loin. Elle aussi, elle est plus chaude. Vingt-neuf degrés en ce moment.

Ses épaules se sont affaissées, comme celles d'un joueur de foot abattu par une défaite.

– J'ai récupéré toutes mes données, a-t-il enchaîné. Et ça ne m'enchante pas ! Je sais qu'il existe cent vingt-sept variétés de plantes dans un rayon de vingt mètres autour de nous, ainsi que trente-deux espèces animales. La température moyenne de l'air est de trente-trois degrés. Pour vous, je peux avoir l'air super-intelligent. En réalité, je suis un perroquet, je me contente de répéter des infos.

Subjuguée, Maï s'est approchée de lui.

– Ces informations, elles viennent d'où ?

– De la Brume. C'est comme ça qu'on appelle les nuages de données qui circulent partout dans le monde.

– Elles s'affichent devant tes yeux ou directement dans ton cerveau ?

– Je peux voir des graphiques, des mots, des images, des nombres qui se superposent à ma vision du réel. C'est la réalité augmentée... Et je peux aussi trouver des infos à d'autres endroits, comme ici.

Il a tendu son bras droit vers nous, paume tournée vers le ciel. Des mots formés de lettres vert fluo venaient d'apparaître sur sa peau. Tels des messages sur des écrans d'information, ils ont commencé à défiler :

ARRIVÉE ARMAND – ESTIMATION 2 MIN ET 35 S / QU'EST-CE QUE TU FAIS ENCORE DANS CE COIN DE JUNGLE ? CONNEX-MOI – MAMAN.

– Ouah, un super-portable ! s'est écriée Maï.
Ce qui m'a nettement moins plu, c'est qu'elle n'a pu s'empêcher d'effleurer l'avant-bras de Jehan du bout des doigts.
Le garçon n'y a pas semblé sensible.
– Tu parles, ma mère peut savoir à chaque instant où je suis, a-t-il grommelé. Ce super-portable, comme tu dis, je ne peux jamais l'éteindre. Horrible.
Maï a saisi son bras. Fascinée, elle a continué à lire les messages qui s'affichaient :

PRÉSENCE BABOUIN DÉTECTÉE – 1,5 KM – DANGER MORSURE !! – LOCALISATION 3D DISPO.

– Un babouin, ici ? a-t-elle murmuré.

– C'est la jungle, a réagi Jehan en retrouvant le sourire. La faune a bien changé depuis votre époque !

On a entendu des craquements dans la forêt, tout près de nous. Terrifié, je me suis préparé à bondir vers la faille.

– Voilà mon complice ! s'est exclamé Jehan, avant même qu'il n'apparaisse entre les arbres.

Un garçon, à peu près du même âge que nous, est apparu à la lisière. Comme Jehan, il portait un pagne pour seul vêtement et un collier avec une perle noire autour du cou.

Il a marché dans notre direction. Ses cheveux brun foncé, ornés de reflets bleutés, tombaient sur ses épaules. Sa peau claire, presque blanche, n'était pas couverte d'arabesques émeraude mais de hachures noires, qui évoquaient le pelage d'un zèbre.

Comme Jehan, il avait des membres minces mais musclés. Sans doute les deux garçons passaient-ils leur temps à courir dans la jungle ou à bondir d'un arbre à l'autre.

– Lui, c'est Armand, a déclaré Jehan.

Armand a montré la paroi dorée et argentée qui scintillait entre les fougères géantes.

– C'est nous qui avons ouvert cette faille, vous le savez ?

Sa voix était plus rauque que celle de Jehan. Il s'est approché de moi. Ses yeux gris métalliques ne m'ont pas semblé aimables.

– T'as raison, il est invisible ! a-t-il soufflé en clignant de l'œil à l'adresse de Jehan. La fille aussi.

– Je m'appelle Maï, a aussitôt rétorqué mon amie.

Armand a fait comme s'il n'avait pas entendu.

– Alors c'est vrai, ils n'ont pas de traceurs ?

– Pas de connex non plus, a précisé Jehan.

– Exactement comme on l'espérait, a murmuré Armand.

Il s'est planté juste devant Maï.

– Tu ne peux pas m'embrasser ? lui a-t-il demandé.

Heureusement pour lui, j'avais expliqué à mon amie la signification de ce mot dans le monde de Jehan. Malgré tout, la question a dû lui paraître déroutante.

– Ça me manque pas forcément, a-t-elle répliqué aussi sec.

Jehan m'a lancé un regard embarrassé. Notre arrivée dans le futur ne commençait pas au mieux !

– Je parie que vous allez aimer notre forêt ! s'est-il exclamé avec un sourire un peu forcé. Si on allait voir la rivière ?

– Si c'est pas trop loin de la faille, ai-je bougonné, me demandant quand il allait nous expliquer en quoi nous pouvions les aider.

Plusieurs chemins filaient en étoile à partir de la clairière. Jehan a emprunté l'un d'eux. Nous lui avons emboîté le pas. Armand a fermé la marche.

La végétation formait un vrai labyrinthe. On a vu passer des papillons et des oiseaux multicolores. Jehan nous a indiqué les noms de ces animaux : morphos, aras, colibris, toucans.

– C'est génial de savoir tout ça ! a commenté Maï.

– Je vois les mots s'afficher devant mes yeux, lui a rappelé Jehan. C'est vite agaçant.

– J'espère qu'on aura bientôt des trucs de ce genre chez nous, a insisté mon amie.

– Plus vite que tu ne crois. Mais nous, on n'en peut plus. N'importe qui peut savoir ce que je fais et même ce que je pense.

Maï a ouvert de grands yeux :

– Quoi ? Les gens ne lisent quand même pas tes pensées ?

– Ça revient au même. J'ai des nanotraceurs partout dans le corps. Armand aussi. Tout le monde peut savoir si mon cœur accélère, ou les parties de mon cerveau qui travaillent. Après, c'est facile de deviner ce que je pense.

– C'est plus efficace que des smileys ! a remarqué mon amie.

– Les gens peuvent aussi visualiser les données que je consulte et donc savoir si je m'intéresse à quelque chose ou à quelqu'un. Armand et moi, on ne supporte plus ça. Et on n'est pas les seuls. Des milliers de gens sur la planète veulent que ça change.

– Sauf que c'est trop tard pour revenir en arrière, a marmonné Armand dans notre dos. Les nanotraceurs se sont infiltrés dans nos crânes, dans les feuilles des arbres, dans le moindre insecte. La Brume est partout. La seule solution serait de changer le passé.

Maï a eu l'air estomaquée. Quant à moi, j'avoue que je n'étais pas mécontent. Ce monde n'était pas aussi parfait qu'elle l'avait pensé !

On est arrivés près de la rivière. Des plantes grasses, des arbres moussus et des rideaux de lianes encombraient la berge. J'avais l'impression d'être sous les tropiques, à trois mille kilomètres de ma campagne.

– L'eau a l'air plus claire, ai-je remarqué.

– Elle est moins polluée qu'à ton époque, a confirmé Jehan. Il y a des nanotraceurs partout. Du coup, on sait tout sur la nature. On peut corriger ce qui ne va pas.

– Je trouve ça génial ! s'est exclamée Maï, toujours aussi enthousiaste. Tu vois, Malo, les nouvelles technologies peuvent rendre le monde meilleur.

Armand a froncé les sourcils et a craché par terre.

– Ça dépend pour qui. Moi, je pense que les nanotraceurs sont une forme de pollution.

CHAPITRE 7

LES BANDAR-LOG

— C'est pour ça que vous avez ouvert cette faille ? a demandé Maï. Pour éliminer cette pollution ?

— Ouais, votre monde est encore à peu près propre, a confirmé Armand.

— Comment vous avez fait pour créer un truc pareil ? s'est étonnée Maï.

— On fait partie d'un réseau de résistants. Clandestin, évidemment. Avec des gens de toutes sortes, des scientifiques et même des *hackers* de génie, des pirates capables de modifier ou d'inventer des données. On a travaillé sur le voyage dans le temps. On a décidé de tenter l'expérience au milieu de cette jungle, loin des grandes cités.

– Mais… si tout se sait, alors tout le monde devrait être au courant ! ai-je remarqué.

Armand m'a lancé un regard empli de fierté :

– Je suis un *hacker*, spécialiste de la manipulation des flux. J'ai créé des milliards de fausses infos pour tromper la Brume.

Un essaim de papillons aux ailes bleu métallisé a surgi des sous-bois avant de nous encercler.

– Ces monarques, je les ai créés, a poursuivi le garçon brun. Ils émettent des millions de fausses données. Ça nous permet de cacher plein de choses, surtout la faille temporelle.

– C'est pas des vrais papillons ? ai-je demandé.

Armand a secoué la tête.

– Des machines. Ou plutôt une seule machine. Un robot intelligent composé de cent vingt monarques. Et puis, ces biotags (il a montré les zébrures sur l'un de ses bras), c'est des leurres. Des peintures bourrées de nanotraceurs trafiqués. Ils font croire à tout le monde qu'on s'amuse dans les bois comme des gosses. Personne ne sait de quoi on parle vraiment, ici.

– Ça ressemble à des tatouages, a noté Maï en observant avec des yeux brillants les graphes.

– Tous les jeunes de la région ont des biotags sur la peau, a précisé Jehan. C'est à la mode. En plus, comme on est camouflés, on peut se balader sans risque dans la jungle. Surprendre un tigre, c'est très amusant.

– Vous pouvez changer de biotag ? a voulu savoir Maï.

À peine avait-elle prononcé ces mots que la peau de Jehan est devenue fauve, ornée de dizaines de taches brunes. Un léopard ! Celle d'Armand s'est teintée d'un vert vif, striée de hachures noires. J'avais déjà vu des photos de reptiles vivant dans la jungle, colorés de cette manière – *iguane ou serpent*, ai-je pensé.

– Notre peau fonctionne un peu comme un écran, a indiqué Jehan. On est des caméléons. Ça peut être pratique quand un fauve approche.

— Il y a des bêtes sauvages dans le coin, c'est pas une blague ? ai-je gémi.

Jehan a imité un félin rugissant et a recourbé ses doigts comme des griffes.

— Roarrr ! Ces bêtes sont protégées, alors oui, il y en a. Des tas.

Il a consulté l'écran sur son bras.

— Des babouins viennent dans notre direction. Il y a également un jaguar, à quatre kilomètres d'ici. Et un boa sur la rive, à trois cents mètres en aval. Si tu veux pêcher, mon connex me signale la présence de trois cents piranhas à un kilomètre en amont.

J'ai manqué tomber à la renverse.

— Ne t'inquiète pas, a ricané Armand, on est tous équipés de nanomachines capables de nous soigner et de nous réparer en cas de problème. On peut aussi appeler un drone de sécurité à la rescousse.

— Heu... pas nous, lui a rappelé Maï.

Armand a penché la tête de côté avec un air désolé.

– On ne laissera pas les fauves vous dévorer, promis. Je te défendrai, a-t-il ajouté en bombant le torse.

Il observait désormais Maï sans me prêter la moindre attention. Je lui ai lancé un regard incendiaire, qu'il n'a même pas remarqué. Pour qui se prenait-il, ce lézard ?

– D'où sortent toutes ces bêtes dont tu as parlé ? a demandé Maï à Jehan.

– Sur toute la planète, de nombreux endroits se sont transformés en déserts à cause du réchauffement. D'autres ont été submergés par l'océan. Ici, on sauvegarde des espèces menacées ailleurs. Beaucoup de plantes et d'animaux viennent des anciennes jungles d'Asie ou d'Amérique.

– Vous trouvez toujours que notre monde est merveilleux ? a raillé Armand. Les Bandar-Log causent mais ne font pas grand-chose.

Maï m'a lancé un regard surpris. On avait tous deux entendu parler de ces singes idiots et bavards. Moi j'avais même étudié le roman en classe.

– Les Bandar-Log ? ai-je dit. Vous connaissez *Le Livre de la jungle* ?

Jehan a hoché la tête.

– Mowgli, c'est un personnage très célèbre. Les enfants savent ses histoires par cœur. On l'adore, à cause de la forêt (il a levé une main vers les arbres). On connaît aussi les Bandar-Log. C'est comme ça qu'on appelle, entre nous, tous ces gens à qui ça plaît d'être connectés en permanence.

– Ils n'ont pas de loi, a marmonné Armand. Ils écoutent et nous épient, à l'affût dans les branches.

Stupéfait, j'ai reconnu un extrait du roman. Jehan a récité à son tour :

– Ils n'ont pas de chefs, ils n'ont pas de mémoire. Ils se vantent et jacassent, mais la chute d'une noix suffit à détourner leurs idées.

Maï s'est esclaffée.

– Je pense à certains de mes amis. Et vous, vous êtes Mowgli, c'est ça ?

Jehan a hoché la tête.

– On voudrait bien. Mais, dans sa jungle à lui, il n'y a pas de nanotraceurs.

– Moi, je préfère un autre personnage, a soudain laissé tomber Armand.

– Bagheera ou Baloo ? ai-je supposé.

– Shere Khan, le tigre. C'est lui, le plus fort. Tout le monde le craint. Même les Bandar-Log.

Je savais que Shere Khan n'était pas le plus fort, mais je n'ai rien dit. J'aurais cependant dû me méfier.

CHAPITRE 8

DRÔLE DE MARQUE-PAGE

– C'est chouette, cette jungle, a dit Maï à Jehan alors qu'on observait de petits singes sauter dans les arbres. Mais nous, on n'a pas de connex. Donc pas de données. Tu peux nous en fournir ?

Jehan a secoué la tête de droite à gauche.

– Ça vous ferait un trop gros choc. Peut-être que ça vous rendrait fous. De toute façon, vous ne pouvez pas imaginer la chance que vous avez ! Une fois qu'on a les nanotraceurs dans le corps, c'est trop tard, on ne peut plus revenir en arrière.

— Tu sais, ma mère aussi, elle est toujours sur mon dos !

— Pas dans ta tête ou dans ton cœur. Si tu vivais dans mon monde, elle saurait tout ce que tu penses des autres. De Malo, par exemple. Tu pourrais aussi capter toutes ses données. Tu saurais ce qu'il pense de toi.

Mon visage est devenu cramoisi. Maï a penché la tête en arrière pour rire, puis a expliqué à Jehan que nos parents allaient s'inquiéter si on ne rentrait pas chez nous.

— Vous revenez demain ? s'est inquiété le garçon aux courbes émeraude (tout comme Armand, il avait retrouvé sa première apparence).

Le lendemain, c'était dimanche. Je devais accompagner mes parents chez une tante. Maï serait absente, elle aussi. Jehan nous a proposé l'un des jours suivants. On a dû lui parler du collège, des cours. Il a eu du mal à comprendre. L'école n'existait plus dans son monde. Chacun pouvait fouiner à tout instant dans la Brume pour obtenir n'importe quelle information.

J'ai précisé qu'il nous faudrait attendre huit jours pour le revoir. Il a eu l'air déçu. Armand s'est carrément assombri, au sens propre : entre ses hachures noires, sa peau est passée du blanc au gris !

Préoccupé, j'ai noté que son regard acier était en permanence rivé sur Maï.

Il s'est éloigné à grands pas puis a sauté, aussi agile qu'un tigre, sur une grosse branche, avant de se fondre dans la jungle.

– Il faut l'excuser, a murmuré Jehan, les nanotraceurs lui ont joué de sales tours. Il souffre beaucoup.

– Comment ça ? a voulu savoir Maï.

– Armand a du mal à maîtriser ses émotions. Du coup, on peut apprendre beaucoup de choses sur lui. Ça lui vaut pas mal de moqueries.

Maï a assuré qu'on était désolés pour lui. On a marché jusqu'à la faille, salué Jehan puis traversé. La température de notre forêt, inférieure de dix degrés, nous a fait frissonner.

Je suis allé récupérer mon matériel de pêche sur la berge, après quoi nous avons rejoint le village.

Devant chez elle, Maï m'a demandé de lui rendre le roman qu'elle avait glissé dans ma besace. Elle apportait toujours un livre quand elle m'accompagnait à la rivière. Cette fois, elle n'avait même pas eu le temps de l'ouvrir.

Quand je lui ai tendu l'ouvrage, un petit objet fin s'en est échappé puis a tourbillonné jusqu'au sol. Maï s'est précipitée pour le ramasser. C'était un pétale blanc.

Un pétale de nénuphar !

Quand elle s'est redressée, mon amie avait les joues coquelicot.

– Et alors ? a-t-elle lancé. Je t'ai vu jeter la fleur dans la fontaine. C'était idiot de la laisser là, non ?

– Évidemment, ai-je répliqué en tentant de ne pas montrer ma joie. Donc, t'es retournée la chercher ?

Maï a remis le pétale dans son livre.

— Ça fait un excellent marque-page, a-t-elle murmuré en ouvrant le portail de son jardin.

Je suis parti en sifflotant. Je me sentais plus léger qu'un pétale.

Puis j'ai pensé que si nous avions été équipés de connex et de nanotraceurs, j'aurais appris tout de suite qu'elle était retournée ramasser cette fleur.

Le monde aurait été un peu moins magique.

CHAPITRE 9

MAÏ DISPARAÎT

Le samedi suivant, je suis arrivé en avance au rendez-vous fixé avec Jehan, Armand et Maï, près de la rivière. J'avais l'intention de pêcher un peu avant leur arrivée.

De loin, j'ai reconnu la voix de Jehan puis celle, plus grave, d'Armand, qui disait :

– Cette fille, elle est incroyable !

Je me suis caché derrière un hêtre pour les épier.

– Plus incroyable que les filles de chez nous ? s'est esclaffé Jehan.

– Évidemment, puisque je ne peux pas l'embrasser. Jamais je n'avais rencontré de fille comme elle !

– Fais attention, a gloussé Jehan. Même sans traceurs, je devine que Malo éprouve quelque chose pour elle.

Derrière mon arbre, j'ai senti le sang me monter aux joues.

– Ce qui me plaît, c'est que cette fille ne sait pas ce que je ressens, a continué Armand. Je ne sais pas non plus ce qu'elle pense. C'est la première fois que ça m'arrive.

Moi, j'aurais tout donné pour savoir ce que Maï pensait de moi ! Me trouvait-elle banal ou un peu mieux que d'autres ? N'étais-je pas trop bête pour elle ?

– Arrête de penser à cette fille, a déclaré Jehan. On est ici pour Malo et les nanotraceurs, ne l'oublie pas. Ne te laisse pas distraire.

– Tu défends ton petit protégé, hein ? s'est agacé Armand. Lui, je ne sais pas ce qu'il pense.

Mais toi, je sais que tu l'aimes bien. Je croyais que c'était moi ton meilleur ami !

Jehan a éclaté de rire :

– T'es jaloux. Tu prends les choses trop à cœur.

– Tu ne jures plus que par Malo ! Cette semaine, tu n'as parlé que de lui.

Jehan a soupiré.

– Écoute, Armand, j'ai été le premier à passer la faille, sans savoir si ça marcherait. Ensuite, Malo a été le premier humain sans traceurs et sans connex que j'ai rencontré. Il aurait pu partir en courant, nous dénoncer.

– Reste en sa compagnie si ça te chante, je m'en vais ! a rugi Armand.

À travers les feuillages, je l'ai vu se lever et marcher à grands pas en direction du bois des Faunes, où était cachée la faille. Au même instant, j'ai entendu la voix de Maï dans mon dos.

– T'es déjà là ! a-t-elle lancé sur un ton joyeux. Hé, t'en fais une tête !

– J'ai un peu mal au ventre, ai-je menti.

J'avais l'intention de lui parler d'Armand dès que nous serions tranquilles.

Maï tenait son portable à la main. Jehan s'est approché de nous et a examiné l'objet, comme s'il s'agissait d'une relique du Moyen Âge. Quand mon amie a effleuré l'écran, ses yeux se sont écarquillés.

– Il fonctionne ! s'est-il exclamé.

– Heureusement, sinon il ne servirait pas à grand-chose, a gloussé Maï.

– J'ai vu un appareil de ce genre dans un musée, mais on ne pouvait plus l'allumer depuis quatre cents ans, a-t-il ricané.

Il a tenu à nous prendre en photo à plusieurs reprises.

– Vous avez l'air de bien vous amuser, a lancé une voix grave derrière nous.

Armand avait finalement décidé de revenir.

– Maï, si tu veux passer la faille, ça devrait te plaire, a-t-il continué. J'ai trouvé un stock d'anciens nanotraceurs et je crois que je pourrais t'en injecter sans trop de risques.

– J'aimerais vraiment essayer ! s'est exclamée mon amie en courant vers lui. Vite, on y va !

– Je ne trouve pas ça très prudent, est intervenu Jehan, dont le visage s'était fermé.

Sans l'écouter, Armand et Maï ont disparu derrière le bosquet d'aulnes et de noisetiers, en direction du bois des Faunes.

J'ai galopé dans leur sillage. Hors de question de laisser Armand et ma meilleure amie s'enfuir dans le futur sans nous attendre ! C'était quoi, ces manières de sauvage ?

Je n'ai pas réussi à les rattraper. Parvenu à la faille, je n'ai pas hésité : je me suis précipité vers les reflets or et argent.

De l'autre côté, un frisson glacé a parcouru tout mon corps.

Un ours brun m'observait avec un air furieux. Du sang dégoulinait entre ses crocs. Ni Maï ni Armand n'étaient visibles.

CHAPITRE 10

POUSSIÈRE D'ARGENT

J'ai hurlé quand Jehan m'a percuté dans le dos. L'ours a reculé d'un pas mais a continué à manger, traînant entre ses pattes un morceau de viande sanguinolent.

Dès qu'il a vu la bête, Jehan a crié :

– Alerte !

Puis il a chuchoté à mon oreille :

– Ne bouge pas, ça ne va pas tarder.

Je suis resté figé. Ces quelques secondes m'ont semblé durer deux heures. Je voyais le morceau de viande rouge entre les griffes et les babines de l'ours. Qu'est-ce qui était arrivé à Maï ?

Enfin, on a entendu un vrombissement. Un essaim de frelons gros comme des moineaux a surgi dans la clairière. Les insectes ont encerclé l'ours. J'ai perçu un sifflement aigu. Le carnivore a fait volte-face puis s'est éloigné en courant, poursuivi par l'essaim.

– C'était des drones de sécurité, m'a expliqué Jehan. Ils émettent des ultrasons pour éloigner les fauves.

– Où est Maï ? ai-je gémi.

Jehan a fermé les yeux, sans doute pour consulter des données.

– C'est Armand. Je viens de visionner des images d'archives. Pendant qu'on faisait des photos, de l'autre côté, il a appelé un drone pour déposer le morceau de viande. Armand savait que l'ours n'était pas loin et que cet animal a un très bon odorat. Il voulait nous retarder.

– Mais... ça ne nous a pas retardés beaucoup ! ai-je balbutié.

– Bien assez. Ses papillons brouillent les

données et le rendent maintenant invisible. Impossible de savoir où il est passé.

– Et Maï?

– Je sais juste qu'Armand l'a entraînée dans la jungle. L'ours était concentré sur son appât, il ne s'est pas occupé d'eux.

– Je croyais que la jungle était pleine de capteurs!

Jehan a passé une main tremblante sur son front.

– Heu... nous les avons tous mis hors service dans le secteur. Ils envoient de fausses données dans la Brume. Armand est un très bon *hacker*.

Paniqué, j'ai couru vers la lisière, avant de revenir en arrière. On était aveugles dans un monde truffé de capteurs!

Bon, comment aurais-je fait dans mon monde pour tenter de retrouver des fugitifs? J'ai repéré un arbre gigantesque en lisière de la clairière, puis j'ai marché dans sa direction.

– Qu'est-ce que tu fais? s'est étonné Jehan.

– Je grimpe.

– Dans cet eucalyptus ? Pourquoi ?

– On voit mieux d'en haut que d'en bas.

Plus jeune, j'avais souvent escaladé les arbres. Jehan avait beau être agile et musclé, j'ai découvert que j'étais aussi doué que lui. Pourtant, notre ascension ne semblait jamais devoir finir. Cet eucalyptus grimpait-il jusqu'au ciel, comme le haricot magique dans le conte ?

– Et si on ne les trouve pas, ai-je soufflé, on fait quoi ?

– On ne peut pas prévenir les autorités, ça ficherait en l'air notre projet, a lâché Jehan. On n'aurait plus aucun espoir.

– Quel projet ?

– Il y a une chose que je ne t'ai pas dite… Tu es très célèbre dans notre monde. Tu es l'inventeur de toute cette technologie qui nous entoure.

Jehan a désigné la clairière et les fougères entre lesquelles miroitait la faille, en contrebas.

– C'est pour ça qu'on a créé la porte, pour venir te rencontrer.

J'ai eu beaucoup de mal à digérer l'annonce de Jehan. Comment un pauvre type comme moi, pas très bon à l'école, beaucoup moins cultivé que quelqu'un comme Maï, qui n'avait ni portable, ni ordinateur, ni amis sur Internet, pouvait espérer devenir célèbre ?

– Moi ? L'inventeur ? Tu délires !

– On a consulté des données historiques pour savoir qui avait mis au point les premiers nanotraceurs, au vingt et unième siècle. C'est toi, Malo. Tu le feras dans une trentaine d'années. On a cherché un moyen de te contacter et on a lu une de tes interviews. Tu disais que tu aimais pêcher près de la rivière quand tu étais enfant. On a trouvé l'endroit précis grâce à une photo.

Tout ce que disait Jehan semblait fou.

– J'ai jamais fait de photo au bord de la rivière, ai-je commencé à dire.

Puis je me suis souvenu :

– La photo, c'est toi ! ai-je dit, frappé de stupeur.

En enjambant une branche tordue, Jehan a hoché la tête pour confirmer.

– La photo que j'ai vue dans nos archives, c'est l'une de celles que nous avons prises avec le portable de Maï !

– Il doit y avoir une erreur dans tes archives, ai-je insisté. J'inventerai jamais rien. Et puis, même si c'était vrai, à quoi ça vous sert de m'avoir rencontré ?

– Ici, on ne peut plus se débarrasser des traceurs, m'a rappelé Jehan. Depuis quelques siècles, ils ont tout envahi. Les bébés en ont dans leur corps à la naissance.

– Toi, tu as l'air de les supporter.

Mon compagnon s'est immobilisé, en équilibre sur une fourche. Son regard est devenu grave.

– J'ai juste appris à maîtriser mes émotions, à contrôler les battements de mon cœur, à penser à plusieurs choses à la fois pour tromper les traceurs. C'est épuisant. Armand, lui, n'y arrive pas. Il est trop impulsif, il finira par faire une grosse bêtise. Je voudrais que tu t'en souviennes, plus tard, quand tu travailleras sur les traceurs et les connex.

– Tu préférerais qu'ils ne soient jamais inventés ?

– J'ai pas dit ça. Ils nous permettent de savoir des choses intéressantes sur les plantes et les animaux, de mieux les protéger. Le problème, c'est qu'on ne peut jamais s'en détacher. Si tu inventes un moyen pour que chacun puisse se déconnecter quand il le souhaite, notre monde sera nettement plus vivable. En attendant, on est prisonniers des données.

– Avec son Smartphone et ses connexions Internet, Maï est un peu leur prisonnière aussi.

– C'est pour que tu nous comprennes qu'on a décidé de te faire venir. On ne peut pas changer directement notre présent, mais tu peux modifier notre passé. Et donc, par effet domino, le vingt-sixième siècle aussi. Si tu n'agis pas à ton niveau, ça finira mal. Partout dans notre monde, des rebelles et des *hackers* s'apprêtent à passer à l'action de manière brutale. À l'aide de virus, ils veulent détruire toutes les machines. Ils exagèrent, on reviendrait à l'âge de pierre.

On a cessé de monter après avoir dépassé la cime des arbres les plus proches. La forêt s'étendait jusqu'à des collines bleues, à l'horizon. J'ai remarqué la présence de ruines. Une tour dépassait de la jungle.

– Qu'est-ce que c'est ? ai-je demandé à mon compagnon.

– La ville oubliée.

– Des ruines, c'est bien pour se planquer.

– Armand a toujours aimé traîner dans ce coin, il dit que ça ressemble à la cité perdue des Bandar-Log. On peut aller voir.

En redescendant, j'ai tremblé de terreur, m'éraflant les coudes et les genoux, et une fois le nez. Jehan m'attendait au pied de l'eucalyptus.

– L'ours est parti ? ai-je vérifié avant de m'éloigner du tronc.

– À plus d'un kilomètre.

On a marché en direction de la ville oubliée.

– C'est quand même pas dans ces ruines que vous vivez ?

– Non, on habite dans une cité géante, à cent kilomètres d'ici. Quand on veut rentrer, on appelle un pulseur, une sorte de petit avion très rapide. Il nous ramène chez nous en quelques minutes.

On s'est engagés dans un étroit sentier qui serpentait entre des feuilles émeraude, épaisses, semblables à celles de nos plantes d'intérieur.

– Serpent sur la gauche, a annoncé Jehan. Un petit boa. Il n'est pas venimeux.

J'ai cru qu'il plaisantait. Mais non : quelques secondes plus tard, il m'a montré une branche autour de laquelle était enroulé le reptile.

Un arbre écroulé barrait la piste. On s'apprêtait à escalader le tronc quand Armand est apparu au sommet de l'obstacle. Ses zébrures avaient viré au fauve, de sorte qu'il ressemblait désormais à un tigre !

À Shere Khan, ai-je songé, horrifié.

– Pas la peine de continuer, a-t-il lancé.

– Dis-nous où est Maï ! a répliqué son ami.

– En lieu sûr. Rentrez chez vous.

– Qu'est-ce que tu lui veux ? s'est énervé Jehan.

– C'est la seule fille qui ne peut pas m'embrasser et que je ne peux pas embrasser. C'est complètement dingue. Je vais la garder un peu près de moi. Je la relâcherai dans quelques jours.

– T'es malade ? Les gens ne sont pas des objets ! ai-je rugi en marchant vers le tronc.

Malgré ma peur, j'étais près de lui sauter à la gorge pour le faire parler. Il a dû sentir ma résolution car il a reculé d'un pas, tout en restant perché sur l'énorme tronc.

– Tu l'auras voulu ! a-t-il grondé en tendant un poing vers moi.

Je n'avais pas remarqué que sa perle noire n'était plus à son cou.

– Armand, fais pas ça ! a hurlé Jehan. Malo, baisse-toi !

Trop tard. J'avais déjà posé les mains sur le tronc pour l'escalader. Armand a écarté les doigts et une nuée de poussière argentée a volé vers moi.

Je sais aujourd'hui qu'il s'agissait d'un nuage de nanotraceurs, programmés pour s'incruster comme des microbes dans le premier corps rencontré.

Quand les traceurs sont entrés en moi par mon nez, mes oreilles, ma bouche, mes yeux, j'ai cru que je basculais dans la folie.

Les capteurs microscopiques n'ont mis que quelques dizaines de secondes pour se glisser jusqu'à mon crâne, mes mains, mes pieds. Ils ont créé de nouvelles connexions dans mon cerveau, ma colonne vertébrale, chacun de mes nerfs.

Les données ont afflué en provenance de la forêt et des créatures, bêtes et plantes, qui y pullulaient.

C'était l'enfer.

CHAPITRE 11

TROP D'INFOS

J'ai eu l'impression que ma tête allait exploser, que mon cœur allait lâcher. Des milliers d'informations ont déferlé dans mon cerveau.

Des lettres bleues se sont mises à flotter devant moi, comme suspendues dans l'air. Certains mots restaient quelques instants figés, d'autres défilaient à la manière des messages publicitaires. Des signaux clignotaient sur les côtés, comme dans le cockpit d'un avion.

Derrière les lettres bleues, j'ai vu Armand sauter en arrière pour s'enfoncer dans la forêt.

J'étais hypnotisé par les données. J'en ai lu quelques-unes :

Armand Drake, né le 17.02.2505, Londres 2.

Rythme cardiaque perso en forte hausse : 120 battements par min. [Autres infos santé]

Arbre = eucalyptus, en voie de décomposition, abattu par Tempête Camille, 01.04.2516.

Présence colonie fourmis coupeuses de feuilles (insectes), 6 mètres / À ÉVITER. [Localisation]

Présence coati (mammifère), 26 mètres. [Localisation]

Température 31 °C, hygrométrie 98 %. [Autres infos météo]

Plantes répertoriées : palmiers, bananiers, acajous, ficus, poivriers, bégonias… [Autres plantes]

27 drones de sécurité disponibles dans un rayon de 500 mètres. [Localisation] / APPEL D'URGENCE.

PRIORITAIRE ! Rythme cardiaque en forte hausse : 130 battements par min. [Autres infos santé]

Tentative neurocontact : Jehan Medrano. Échec. INFOS COMPLÉMENTAIRES. Options : logiciel / logiciel antivirus / contact voix conseillé.

Présence <u>gavials</u> (reptiles), 3 individus, berge <u>rivière</u>, 365 mètres / À ÉVITER.

<u>PRIORITAIRE !</u> État de panique détecté. Calme fortement conseillé. Option : <u>APPEL MEDIDRONE</u>.

Je me suis tourné vers Jehan. Mon nouveau compagnon m'observait d'un air effaré.

Des dizaines d'informations à son propos sont apparues dans mon champ de vision : sa taille, son poids, ses ennuis de santé, sa carte d'identité, le rythme de son cœur et cent autres facteurs.

En quelques secondes, j'en ai su plus sur lui que sur n'importe lequel de mes amis.

Un message m'a signalé qu'il était très inquiet pour moi. Une vue en 3D de son cerveau est apparue à droite de mon champ de vision. Certaines zones se sont mises à clignoter. Les nanotraceurs incrustés dans son crâne ont signalé à mes nouveaux connex que Jehan était occupé à lire les infos qu'il recevait de moi.

– Je peux t'embrasser ! a-t-il lâché dans un souffle.

J'ai alors réalisé que je ne devais plus avoir aucun secret pour lui. Horrible. J'avais l'impression de me retrouver nu devant lui, et même devant la planète entière, puisque tout était connecté.

Ça m'a rendu malade. Tout s'est mis à tourner autour de moi.

– Tu ne sais pas trier les flux, tu n'es pas paramétré, a dit Jehan en s'approchant de moi. Tu dois te calmer.

Grâce aux données, j'ai su qu'il était choqué et peiné pour moi, mais aussi qu'il continuait, fasciné, à dévorer les infos transmises par mes nanotraceurs. J'ai songé à Maï... tout en réalisant qu'il allait deviner ce que j'éprouvais pour elle !

Quel cauchemar !

J'ai couru le long du sentier, revenant sur mes pas sans même savoir où j'allais. Une vue en 3D du secteur et une boussole sont apparues dans mon champ de vision, comme dans un jeu vidéo. J'ai continué à courir, pleurant et sanglotant, à moitié aveuglé par les larmes et les lettres bleues.

– Malo, attends, reviens ! s'est époumoné Jehan.

J'ai hurlé :

– Laisse-moi tranquille !

Un message m'a indiqué qu'il avait cessé de me poursuivre.

J'ai bifurqué dans la jungle pour me perdre dans ce labyrinthe végétal. Des signaux rouges ont clignoté devant moi pour me signaler des obstacles, mais je ne voyais rien et n'écoutais plus.

Combien de temps ai-je couru ? Cinq, dix minutes ? Je ne sais pas. J'ai contourné des troncs couverts de mousse, écarté des feuilles brunes ou roses en forme de lames, de disques, de spirales.

Je me suis arrêté entre les racines d'un tronc plus gros qu'un pilier d'église et me suis mis à vomir. Une migraine atroce me sciait le crâne.

Ensuite, j'ai marché au hasard. Une rivière m'a barré le chemin. Je ne savais pas s'il s'agissait de *ma* rivière. Il y avait des informations écrites en bleu, parfois en rouge devant moi, mais je ne voulais plus les lire. À cause de mes larmes, les lettres étaient floues. C'était très bien ainsi.

Je me suis assis sur la rive et j'ai fermé les yeux. Je savais que Jehan m'attendait sur le sentier. De crainte que je ne m'effraie plus encore, il n'osait plus me suivre. De toute manière, grâce aux traceurs, il connaissait ma position.

J'ai entendu un craquement dans les broussailles, tout près de moi. Terrifié, j'ai écarquillé les yeux, sans rien distinguer dans la pénombre du sous-bois. Un message écrit en rouge est alors apparu :

Présence animal sauvage détectée : [infos complémentaires]

J'ai repéré la bête, à quelques mètres de moi. Immobile, immense. Un corps gris plus large qu'un tronc, une peau plissée comme de l'écorce, deux défenses blanches et recourbées.

CHAPITRE 12

LE REPAIRE D'ARMAND

Au même moment, Maï était elle aussi sous le choc. Pas à cause des traceurs et des connex mais de ce qu'elle découvrait tout autour d'elle.

Bien entendu, je n'ai pas su tout de suite ce qu'il lui arrivait. Elle me l'a raconté plus tard.

Après l'avoir entraînée en courant dans la jungle, à travers un labyrinthe de sentiers, Armand a passé la porte d'un bâtiment en ruine privé de toit. Un arbre gigantesque, au tronc si épais qu'on aurait dit le pied d'une éolienne, avait poussé au milieu.

La surface de l'arbre n'était pas arrondie comme celle d'une tour mais pleine de creux et de bosses, tel un rideau ondulé. Armand a disparu dans l'un des creux.

– Où es-tu ? s'est inquiétée Maï.

– À l'intérieur du baobab ! a répondu la voix d'Armand, chargée d'échos. Viens !

Maï connaissait un arbre creux, dans une haie, pas très loin de chez elle. Il était plein de détritus et de toiles d'araignée.

– Ça me tente pas ! a-t-elle protesté.

Déjà, un peu plus tôt, l'adolescent l'avait laissée seule au bord de la rivière.

– Pas grave, mais il y a un fauve au-dessus de toi !

Maï a haussé les épaules.

– Mon œil ! Tu resterais pas dans le coin si c'était vrai !

– Si tu ne me crois pas, lève les yeux, a poursuivi la voix d'outre-tombe. Tu vois la tache sombre sur la grande branche, au-dessus de ta tête ? C'est une panthère noire.

Amusée, Maï a placé sa main en visière sur son front et scruté les feuillages. Oui, il y avait bien une forme sombre, sur un rameau. Mais pas une panthère, évidemment. Pas si près d'elle.

Soudain, la silhouette a bougé. Quand deux yeux de feu se sont braqués sur elle, Maï a plaqué sa main sur sa bouche pour étouffer un cri d'effroi.

Elle s'est précipitée vers le creux dans lequel s'était engouffré Armand.

– Une panthère ! a-t-elle piaillé d'une voix étranglée.

– Elle a déjà mangé, elle fait sa sieste.

– Comment tu le sais ?

Armand a désigné son crâne puis a bougé les deux bras pour englober l'ensemble de son environnement.

– Connex, capteurs, traceurs, données. La routine.

Vautré dans un hamac accroché aux parois internes de l'arbre, il se balançait avec un air blasé.

– Tu as dit que tu pourrais m'en injecter quelques-uns… a tenté Maï, impatiente.

– Chaque chose en son temps, a marmonné le garçon. Pour l'instant, sois la bienvenue dans mon antre. Ici, je fais ce que je veux.

Maï a pris la peine d'observer le repaire. Loin au-dessus d'elle, des trous dans l'écorce permettaient à la lumière de pénétrer jusqu'au pied du baobab. Le sol était recouvert de nattes tressées. Des nuées de papillons monarques, aux ailes bleutées, étincelantes, tapissaient les parois courbes.

– C'est mon pare-feu antitraceurs, a commenté Armand. Mes monarques produisent de fausses données. Grâce à eux, je suis invisible. Même Jehan ne connaît pas ce coin. C'est ici que je me repose ou que je prépare mes virus et mes vers informatiques.

Puis l'adolescent a désigné la moitié libre du hamac :

— Tu peux t'asseoir.

Maï a secoué la tête pour décliner son invitation. La cache d'Armand l'intriguait. Hormis le hamac, elle n'était équipée que d'une table encombrée de fruits exotiques et d'un fauteuil en rotin.

— Chez moi, les pirates ou les spécialistes en informatique sont entourés d'écrans, de câbles, d'interfaces, a-t-elle murmuré.

— On n'est plus au Moyen Âge. À présent, tout est dans la tête ou dans la Brume, dans les capteurs ou les traceurs. Tu peux prendre une banane. Ou des litchis, je les ai cueillis ce matin. Évite les ananas, ils sont dégradés à quinze pour cent.

— J'adorerais tout savoir comme toi ! a rigolé Maï avant de s'installer face à son compagnon, dans le hamac.

— Non, tu n'aimerais pas.

— Pourquoi ? Je rêve de devenir biologiste. Grâce aux connex et aux capteurs, je pourrais tout savoir sur les plantes et les animaux.

– D'accord. Mais le reste, c'est vraiment lourd. Tu veux que je te raconte une histoire ?

– Malo et Jehan vont nous rejoindre, non ?

– Pour l'instant, ils admirent la faune du coin. Ils ont l'air captivés.

– C'est tout à fait Malo ! C'est quoi, ton histoire ?

Armand s'est accroupi dans le hamac pour se pencher vers elle.

– Mon père est mort d'une grave maladie. J'avais sept ans.

– Oh, je suis désolée !

– Grâce aux données, j'ai tout su. Tout compris. J'ai pu visualiser ce qui se passait en lui. J'ai compris ses souffrances grâce aux capteurs intégrés dans son système nerveux.

Les yeux gris d'Armand semblaient être devenus plus foncés. Maï a placé une main sur sa bouche.

– Mince... c'est vraiment moche.

– J'ai même pu tester ses souffrances sur moi, grâce aux simulations proposées par les connex. C'était insupportable mais je voulais savoir ce qu'il endurait.

— Quoi ? Mais tu n'étais qu'un enfant !

— Je voulais le guérir. J'ai fouiné dans des milliers de bases de données pour tenter de trouver une solution. Je ne comprenais pas tout, c'était impossible, des milliers de scientifiques s'étaient déjà cassé les dents sur cette maladie. J'ai essayé, pourtant.

— À sept ans, tu n'avais aucune chance.

— C'est vrai. Mon père est mort. J'ai su à quel moment, à la seconde près, et comment, et pourquoi. Mais je n'ai rien pu faire. Ensuite, j'ai capté les réactions de ma mère, son chagrin, sa douleur, et je n'ai rien pu faire. Je hais les données.

Armand avait les yeux pleins de larmes.

— Toi, tu n'en as pas, a-t-il murmuré. C'est si bon !

Puis sa bouche s'est crispée.

— Malo va vouloir te reprendre.

Du bout des doigts, Maï a effleuré la main de l'adolescent.

– Je n'appartiens à personne. Mais je sais que Malo est mon meilleur ami.

– Comment tu le sais ?

– Je le sens dans mon cœur.

Armand a ricané.

– Le cœur n'est pas un capteur. Il se trompe tout le temps.

Maï a secoué la tête.

– Les cœurs ne sont pas juste des capteurs. Ils donnent et ils reçoivent. En général, ils marchent par paires, comme les moufles ou les béquilles.

– T'as pas l'air amoureuse.

– Tes capteurs, ça t'est arrivé de les voir griller ?

– Parfois, s'ils sont mal réglés.

– C'est pareil avec le cœur, pas facile de le régler. J'ai peur de me tromper.

Soudain, Armand a sauté au bas du hamac. Déséquilibrée, Maï a failli tomber.

– Qu'est-ce qui t'arrive ? s'est-elle exclamée en descendant à son tour.

– Ton ami approche. Un tigre aussi. Il faut que je prenne son contrôle.

– Hein ? Pour quoi faire ?

Les yeux d'Armand se sont écarquillés.

– Pour qu'on puisse se défendre, Maï. Un tigre est beaucoup plus efficace qu'un bâton.

CHAPITRE 13

ZONE BLANCHE

L'éléphant a agité ses oreilles et sa trompe.

Ses petits yeux marron clair, camouflés au milieu de ses rides, m'ont toisé de haut, tels ceux d'un vieillard fatigué.

Des informations ont défilé en lettres bleues :

Poids : 4 tonnes. Hauteur : 3 mètres. Âge : 68 ans.

J'ai appris que des parasites l'agaçaient. Au cours des dernières vingt-quatre heures, il avait avalé cent quatre-vingts kilos de végétaux et cent dix litres d'eau.

D'après la Brume et les données de son cerveau, il souffrait de solitude. Sa femelle préférée était morte un an plus tôt de vieillesse. Son compagnon, avec qui il errait loin du troupeau durant de longs mois, s'était à son tour couché pour la dernière fois deux semaines auparavant.

– Désolé, mon vieux, ai-je murmuré.

J'ai compris que les données des nanotraceurs pouvaient être utiles, parfois. Jehan n'avait pas tort sur ce point. L'inconvénient, c'est qu'on ne pouvait jamais s'en débarrasser.

Un message a clignoté en rouge :

Animal calme, non hostile. Ne pas bouger.

Je n'ai pu m'empêcher de pouffer. Je n'avais pas l'intention de faire le moindre mouvement !

L'éléphant s'est ébroué. Il a marché sans faire le moindre bruit jusqu'à la rive. Sa masse énorme est passée à un mètre de moi. Sa trompe a effleuré mes cheveux. Un nouveau message est apparu :

Démonstration d'affection. Animal calme, ne pas bouger.

L'éléphant est descendu dans la rivière. L'eau lui arrivait à peine aux genoux. Il a tourné sa tête bosselée et m'a jeté un dernier regard. Pouvait-il capter et comprendre mes données ? Les connex m'ont indiqué que c'était bien moi qu'il observait, pas les arbres ou les fourrés. Il est remonté de l'autre côté avant de s'enfoncer dans la forêt.

Je n'avais pu lire directement ses pensées, mais je savais, grâce aux données, qu'il avait aimé d'autres éléphants. Je comprenais sa peine de les avoir perdus.

Une idée a commencé à germer en moi. Une idée folle !

J'ai repris la direction du sentier. Jehan m'attendait là où je l'avais laissé.

– Cet éléphant aurait pu être dangereux, a-t-il murmuré. Ne t'éloigne plus ainsi.

– Il n'était pas dangereux. On va explorer la cité perdue ?

On a escaladé l'eucalyptus qui barrait la route. De l'autre côté, j'ai interrogé Jehan au sujet de la poussière qu'Armand avait soufflée dans ma direction. Il a pris la perle noire accrochée à son cou et l'a ouverte en deux. J'ai vu une poudre argentée à l'intérieur.

– Tout le monde a sur lui un stock de nanotraceurs, a-t-il précisé. Ça permet parfois d'obtenir des données plus précises.

J'ai remarqué une petite tache blanche au milieu du chemin. Elle resplendissait comme un flocon de neige sur l'humus noir.

– Le pétale de nénuphar ! ai-je soufflé en me penchant pour le ramasser.

Jehan s'est approché avec un air intrigué.

– Cette chose n'émet pas le moindre signal. Elle est totalement transparente.

– Elle vient de mon époque, ai-je expliqué. C'est un morceau de fleur, il appartient à Maï. Elle est passée par ici.

J'ai glissé le pétale dans la poche de mon bermuda. On a vite atteint les ruines de la ville oubliée. Des murs croulaient sous des entrelacs de lianes et de fleurs.

– Allons voir du côté de la tour, a suggéré Jehan.

L'édifice se dressait au milieu d'une clairière encombrée de blocs de pierre. J'ai froncé les sourcils. Cette tour, elle me semblait presque familière ! N'était-ce pas un cadran solaire que j'apercevais derrière un rideau de lianes ?

– Mais... on dirait le clocher de mon église ! ai-je balbutié.

– Je crois que c'est bien ça, a répondu Jehan. Mes données indiquent que ce village était encore habité à ton époque.

J'étais stupéfait. Ainsi, au vingt-sixième siècle, ma petite commune n'était plus qu'un champ de ruines !

– Qu'est-ce qui s'est passé ? ai-je soufflé en imaginant les pires catastrophes.

— Rien du tout. Les gens sont partis. Aujourd'hui, tout le monde loge dans les mégapoles. On est au milieu d'une réserve géante où ne vivent plus que les plantes et les animaux qu'on veut préserver.

— Maï est sûrement ici.

Jehan a eu l'air embarrassé.

— Je ne sais pas comment faire pour la trouver. Armand empêche ses propres traceurs de fonctionner et bloque tous ceux qui l'entourent.

Je lui ai lancé un regard agacé. Il ne semblait pas pressé de m'aider !

— Peut-être que tu devrais rentrer… a-t-il poursuivi. Je te ramènerai Maï, juré. En échange, tu te souviendras de ce que je t'ai demandé à propos des nanotraceurs. Si tu restes ici, les drones risquent de nous repérer.

— Ah, c'est donc ça qui te gêne ? ai-je murmuré, amer. Peut-être qu'on devrait au contraire les alerter, les drones ! Ils trouveraient Armand et libéreraient Maï.

Le visage de Jehan s'est décomposé.

– Tous les membres de notre groupe seraient arrêtés ! Les rebelles ne pourraient plus jamais changer le monde !

– Ce n'est pas le mien, ai-je marmonné, furieux et désemparé. Ce que je veux, c'est Maï !

Jehan s'est enfermé dans un silence boudeur et j'ai glissé mes mains dans les poches de mon bermuda. J'en avais assez de cette jungle, de ces traceurs, de ces rebelles ! Est-ce que j'avais la tête d'un libérateur ?

En réfléchissant, j'ai machinalement caressé le pétale blanc caché au fond de l'une de mes poches. Au même instant, Jehan m'a lancé un regard affolé.

– Qu'est-ce qu'il y a encore ? l'ai-je interrogé.

– La… la faille ! Les données m'indiquent qu'elle est en train de disparaître ! C'est Armand, il a libéré des virus cachés dans la Brume pour la détruire. Il est devenu fou !

– Il nous reste combien de temps ? ai-je lancé, au bord de la panique.

— Une heure, au maximum. J'ai lâché des antivirus pour ralentir l'attaque.

J'ai de nouveau fait passer le pétale de nénuphar entre mes doigts. Ce bout de fleur blanche, pourquoi me revenait-il tout le temps à l'esprit ?

Soudain, une étoile a paru s'allumer dans mon crâne. J'ai brandi le petit morceau de fleur devant le nez de Jehan.

— Ce pétale, il n'émet aucune donnée, OK ?

Aucune indication ne s'affichait dans mon champ de vision. Jehan a opiné du chef. J'ai claqué des doigts.

— Ça saute aux yeux, hein ? Dans votre monde, est-ce qu'il n'est pas plus facile de repérer un endroit qui n'émet aucune donnée, plutôt qu'une personne qui en produit tout un tas ?

— On appelle ça une zone blanche, a confirmé Jehan.

— Si Armand ne lui a pas encore injecté de nanotraceurs, Maï doit être blanche. Comme ce pétale. Et je parie qu'ils sont les seuls dans cette forêt.

Le regard de Jehan est devenu vide. J'ai deviné qu'il consultait des données à toute vitesse.

– Tu as raison, a-t-il soufflé. Je n'ai jamais vu ce genre de chose, c'est pour ça que je n'y avais pas pensé. Maintenant, je sais quoi chercher.

Il a fermé les yeux. Puis les a rouverts au bout de quelques secondes.

– Elle est tout près d'ici, dans les ruines. Près de la mare aux poissons.

Il s'est élancé vers l'ancien clocher pour le contourner.

Derrière la tour, j'ai reconnu, malgré ses fissures et les plantes grimpantes qui la camouflaient, la façade rouge brique de la bibliothèque. On se dirigeait donc vers le parc aux nénuphars !

Des orchidées et d'autres fleurs multicolores, dont la plupart plus grandes que ma main, avaient transformé le jardin en clairière tropicale.

Le bassin où nageaient naguère des poissons rouges (et quelques noirs) avait laissé place à une mare, elle aussi couverte de feuilles de nénuphar… plus larges que des roues de voiture !

Des remparts de fougères géantes, de bananiers, de ficus, d'eucalyptus et de lianes encerclaient le trou d'eau.

J'ai repéré Maï sur la rive. Assise sur une souche, elle croisait les bras avec un air boudeur. Armand se tenait debout non loin, entouré de ses papillons bleus.

– Maï, Maï, Maï ! ai-je crié.

Elle m'a regardé puis a lâché un sourire crispé, sans pencher sa tête en arrière. Pourquoi restait-elle assise sur la souche, sans même lever un bras pour me saluer ?

Armand n'avait pas bronché non plus. À peine avait-il tourné la tête pour nous observer.

En m'approchant, j'ai compris pourquoi.

Assis entre deux gerbes de fougères, un tigre braquait sur eux son regard de feu.

Je me suis transformé en pierre. Près de moi, Jehan a fait de même. Le tigre nous avait repérés. Trop tard pour faire demi-tour !

– Je n'ai pas le droit de bouger, a lâché Maï dans un souffle.

– Armand, pourquoi tu fais ça ? s'est énervé Jehan. Cet animal est dangereux !

Les yeux jaunes du tigre nous scrutaient comme des proies.

– Ne t'inquiète pas, a ricané Armand. J'ai utilisé des virus et des vers numériques pour prendre le contrôle de ses traceurs et de ses connex, donc de son corps. Il voit, il sent et il fait ce que je décide. Dégagez, et il ne vous arrivera rien.

– T'es malade ! Chasse ce tigre et libère Maï avant que la faille ne disparaisse !

Armand a eu un geste agacé de la main.

– Il me plaît de discuter avec cette fille. Tu n'as qu'à ramener Malo de l'autre côté.

— Regarde-le ! s'est écrié Jehan. Embrasse-le, tu sauras ce qu'il pense ! C'est avec lui que Maï doit s'en aller, pas avec toi !

Armand m'a lancé un regard distrait.

— Je le vois. Et alors ? Moi aussi, j'ai souffert ! Maintenant, j'ai trouvé une personne qui me regarde sans savoir à n'importe quel moment ce qu'il y a en moi. Et j'ai décidé de la garder. N'approchez pas d'elle, ou mon tigre risque de ne pas apprécier.

— Elle ne t'aime pas, a laissé tomber Jehan.

— Comment tu pourrais le savoir, puisqu'elle n'émet aucune donnée ?

Je me suis souvenu de l'éléphant. Grâce à mes connex, j'avais su pour ses proches disparus, j'avais compris sa peine.

— Ton médaillon ! ai-je soufflé à mon voisin.

— Quoi ?

— Tes nanotraceurs. Lance-les sur Maï !

Jehan n'a pas hésité un instant. Il s'est approché à grands pas de Maï, sans un regard pour Armand ou pour le tigre. L'animal a feulé mais

Jehan ne s'est pas arrêté. Il a brandi son médaillon à bout de bras puis l'a ouvert.

– Embrasse-nous ! s'est-il exclamé en soufflant sa poudre argentée au visage de mon amie.

Le tigre a poussé un rugissement tonitruant et s'est rué sur lui. D'un coup de patte, il l'a projeté à plusieurs mètres. Nous avons tous crié.

– Ça suffit ! a hurlé Armand en pointant l'index vers le félin. Va-t'en ou je mets le feu à ta fourrure !

J'ai reconnu des mots de Mowgli. Je n'ai pas su si Armand exagérait ou si ses armées de virus pouvaient pour de bon parvenir à ce résultat. Le fauve a tourné la tête vers nous puis vers Maï, prostrée sur sa souche. Un instant, j'ai cru qu'il allait lui sauter à la gorge.

En trois bonds, il a disparu dans les profondeurs de la jungle.

Sa peau toujours colorée comme celle d'un tigre, cerné par un essaim de papillons bleus, Armand a posé sur moi un regard vide.

Il semblait atterré. Peut-être n'avait-il pas imaginé que son fauve attaquerait pour de bon.

Je me suis précipité vers mon amie. Elle haletait, nous lançait des regards fous, sonnée par les données qui affluaient en elle.

– Je vois ! a-t-elle hoqueté. Je sais tout, le vent dans les arbres et les bêtes qui nous narguent, le nom des fleurs et les battements de ton cœur !

Elle s'est mise à sangloter, est tombée à genoux et s'est pliée en deux jusqu'à ce que ses cheveux touchent l'humus. Je me suis agenouillé à côté d'elle et je l'ai serrée contre moi.

– Regarde-moi, ai-je dit, résolu et terrifié à la fois.

Elle a posé les yeux sur moi et m'a embrassé. Elle pouvait localiser les zones activées de mon cerveau, le débit du sang dans mes artères, les influx électriques dans le moindre de mes nerfs. De mon côté, je pouvais tout contempler comme dans un miroir. Ses réactions, et la manière dont elle réagissait aux miennes. Vertigineux.

Et finalement très simple.

J'ai vu son cœur et elle a vu le mien. J'avais douté pour rien.

– Armand, tu comprends, à présent ? a murmuré Jehan.

Malgré les profondes estafilades rouges qui déchiraient son côté droit, il avait réussi à s'asseoir.

Armand n'avait toujours pas bougé mais son visage était plus pâle que jamais.

– Ils sont liés ! a-t-il soufflé.

– Comme la rose à la terre, a dit Jehan. Laisse-les rentrer chez eux.

CHAPITRE 14

LA PROMESSE

Nous nous sommes retrouvés tous les quatre sur une berge de la rivière, au vingt-sixième siècle.

– C'est ici, il y a cinq cents ans, que je t'ai croisé pour la première fois, mon ami, a déclaré Jehan, d'une voix écrasée par l'émotion. Je m'en souviendrai éternellement.

Les virus d'Armand étant très efficaces et indestructibles, il nous restait neuf minutes avant que la faille ne disparaisse pour toujours.

La peau de ce dernier avait retrouvé ses hachures noires et blanches de zèbre.

— Je suis vraiment désolé, a-t-il murmuré de sa voix rauque. La vie est devenue insupportable pour moi.

— Tu sais cacher tes données, pourquoi ne le fais-tu pas tout le temps ? s'est étonnée Maï.

Armand a courbé la nuque.

— Trafiquer les images émises par des capteurs extérieurs à un endroit précis, ce n'est pas difficile. Mais camoufler ses propres données où que l'on soit, ça demande énormément de concentration. On ne peut pas faire ça longtemps. Jehan le sait bien.

Mon ami aux courbes émeraude m'a serré dans ses bras. Des données que je n'avais jamais vues ont afflué dans mes connex par milliers.

J'ai été ahuri. Je me souvenais de ce qu'il m'avait dit : pour camoufler ses sentiments, il avait pris l'habitude de se concentrer. À présent, c'était comme s'il ouvrait ses remparts virtuels et qu'il nous autorisait, Maï et moi, à entrer dans sa forteresse.

J'ai vu sa souffrance et, à travers elle, celle de tous ses amis.

– Je suis heureux de t'avoir rencontré, a-t-il murmuré. Pas seulement parce que tu es l'inventeur. Je t'embrasse, je sais qui tu es. Géant !

– Jehan et moi, on sera bientôt repérés, a maugréé Armand en tapant du pied dans une feuille de fougère. Même ici, au fond de la jungle. Souviens-toi de nous, frère loup. On peut vivre lié, mais seulement si on peut se défaire de ses liens quand on le souhaite. Tu dois veiller à ça.

– Si je deviens celui que vous dites, c'est promis, ai-je soufflé, impressionné par leur détermination.

J'ai serré la main d'Armand, et Maï lui a dit qu'elle lui pardonnait en l'embrassant sur la joue. Je n'étais plus jaloux, j'avais vu le cœur de mon amie, je savais qu'il battait au même rythme que le mien.

À mon tour, j'ai serré contre moi Jehan, le garçon qui avait osé traverser un demi-millénaire pour me rencontrer.

— On ne cessera jamais de penser à vous, a promis Maï.

Comme des somnambules, on a marché vers les reflets or et argent.

Avant de franchir la faille, j'ai essuyé mes joues trempées de larmes et j'ai souri. Maï aussi souriait et pleurait.

On a agité les mains pour saluer nos deux amis. Au loin, dans la jungle, un tigre a rugi.

— Regardez bien, ô loups ! Le Peuple Libre, qu'a-t-il à faire des ordres de quiconque, hormis de ceux du Peuple Libre ? a lancé Armand en citant Akela, le chef des loups dans *Le Livre de la jungle*. Adieu !

— Bonne chasse à tous qui gardez la Loi de la jungle ! ai-je répondu.

— Nous sommes du même sang, toi et moi, a enchaîné Jehan. Protège-nous des Bandar-Log, frère du passé.

Flash.

Maï et moi, on a retrouvé la fraîcheur, les aulnes et les chênes de notre forêt.

La faille est devenue floue. La porte du futur s'est refermée. J'ai sorti le pétale blanc de ma poche et je l'ai tendu à mon amie.

– Je te le rends, ai-je murmuré.

Elle l'a serré contre son cœur puis a posé ses lèvres sur les miennes et a dit :

– N'oublie jamais ta promesse.

Moi je savais que jamais je n'oublierais.

CHAPITRE 15

LA LETTRE A

Des dizaines d'années ont passé, je suis beaucoup plus âgé à présent. C'est dans mon laboratoire que j'écris ces derniers mots. Il fait nuit, tous les scientifiques de mon équipe sont rentrés chez eux.

À côté de moi, les premiers nanotraceurs et les premiers connex sont prêts. Demain, nous allons procéder aux essais sur des volontaires.

À cause du réchauffement climatique, le monde ne se porte pas bien. Les traceurs nous aideront à comprendre les autres êtres vivants, à gérer au mieux la planète, à partager en permanence de multiples connaissances.

Cependant, nous avons veillé à équiper les connex de boucliers numériques. Chacun pourra se déconnecter totalement des nuages de données – qu'on appelle désormais la Brume – quand il le souhaitera. Des nano-brouilleurs seront joints aux traceurs afin d'assurer une protection maximale à ceux qui le souhaiteront.

Il suffira à un humain de le vouloir pour disposer d'une bulle infranchissable, pour empêcher les autres de consulter ses données.

Avec Maï, nous avons créé le droit à la déconnexion, inscrit dans de nombreuses Constitutions, dont la nôtre. Maï est une femme célèbre à présent, elle pourrait bien finir présidente !

Nous n'avons jamais revu Jehan ni Armand bien entendu, mais nous n'avons jamais cessé de penser aux enfants de la jungle et à ceux du futur.

J'ai respecté ma promesse... d'autant que

Maï, ma femme, s'est tenue en permanence à mes côtés pour me la rappeler !

Elle a vieilli, comme moi. Mais parfois, quand elle penche sa tête en arrière et qu'elle sourit, elle a le visage radieux de l'année de nos douze ans.

Si j'ai réussi à inventer cette technologie avancée, moi qui manipulais mieux l'hameçon que les équations, c'est parce que j'étais motivé. J'avais un but. Un idéal. Rien de tel pour avancer !

L'année qui a suivi notre voyage dans le futur, mes résultats scolaires se sont soudainement améliorés.

On ne change pas l'avenir sans quelques efforts, hein ?

J'avoue, j'ai un peu triché quand il a fallu mettre au point les nanotraceurs. En effet, j'en avais des milliers sous la main. Où ? En moi, en Maï. Même s'ils ne fonctionnaient pas dans notre monde, à notre retour, ils étaient bien là, partout, en nous.

Est-ce que Maï et moi, on les a utilisés pour tenter de s'embrasser ?

Nous avons préféré une autre magie dont le nom commence par A. Et qu'aucun capteur ne pourra jamais remplacer.

DU MÊME AUTEUR, AUX ÉDITIONS SYROS

Le Bout du monde, coll. « Soon », 2010

Il, coll. « Soon », 2015

L'AUTEUR

Né en 1969 à Rennes, demeurant actuellement dans la Sarthe, Loïc Le Borgne a d'abord été journaliste dans un quotidien régional. Il a parcouru le monde avec son épouse pour en ramener les décors de bon nombre de ses histoires. En 2006, il a publié une trilogie de science-fiction pour adolescents, *Les Enfants d'Eden*, avant d'enchaîner par *Je suis ta nuit* (Le Livre de poche, 2008) puis d'autres romans dont *Le Bout du monde* (Syros, 2010). Il est aussi l'auteur, sous le pseudo de Loïc Léo, d'une série pour enfants, *Le Club des chevaux magiques*. En 2014, il a publié un thriller post-apocalyptique, *Hystérésis*, aux éditions Le Bélial.

Son blog : http://loicleborgne.over-blog.com/

DANS LA COLLECTION
SOON

Mini Syros +, à partir de 10 ans

**Ascenseur
pour le futur**
Nadia Coste

**Des ados
parfaits**
Yves Grevet

**Un week-end
sans fin**
Claire Gratias

**Le Garçon
qui savait tout**
Loïc Le Borgne

Mini Syros, à partir de 8 ans

**Le Très Grand
Vaisseau**
Ange

L'Enfant-satellite
Jeanne-A Debats
*Prix littéraire de
la citoyenneté 2010-2011*

**Toutes les vies
de Benjamin**
Ange

L'Envol du dragon
Jeanne-A Debats
*Prix Cherbourg-
Octeville 2012*

Rana et le dauphin
Jeanne-A Debats

**Opération
« Maurice »**
Claire Gratias
Prix Salut les bouquins 2011

**Une porte
sur demain**
Claire Gratias

Mémoire en mi
Florence Hinckel

**Papa, maman,
mon clone et moi**
Christophe Lambert

Libre
Nathalie Le Gendre
**Sur la liste de
l'Éducation nationale**

Vivre
Nathalie Le Gendre

**À la poursuite
des Humutes**
Carina Rozenfeld
Prix Dis-moi ton livre 2011

**Moi,
je la trouve belle**
Carina Rozenfeld

L'Enfaon
Éric Simard
**Sur la liste de
l'Éducation nationale**
Prix Livrentête 2011
Prix Dis-moi ton livre 2011
Prix Lire ici et là 2012
Prix Passeurs de témoins 2012
Prix Livre, mon ami 2012

Robot mais pas trop
Éric Simard
Prix Nord Isère 2011-2012

Roby ne pleure jamais
Éric Simard

Les Aigles de pluie
Éric Simard

Loi n° 49-956 du 16 juillet 1949
sur les publications destinées à la jeunesse,
modifiée par la loi n° 2011-525 du 17 mai 2011.

N° de projet : 102917671
Dépôt légal : février 2023
Achevé d'imprimer en France en février 2023
par la Société TIRAGE - 91941 Courtabœuf